Arthur Bowler

Ein Schweizer ohne Ordner ist wie ein Cowboy ohne Hut

Arthur Bowler wurde 1950 in Salem, Massachusetts, geboren als Sohn, Neffe, Enkel und Grossenkel von Pfarrern. Er studierte Psychologie, fuhr mit einem alten VW Käfer quer durch den Kontinent Amerika, arbeitete in drei Nationalparks, war in England Englischlehrer und verliebte sich dort in eine Bernerin, begann in der Schweiz Deutsch zu lernen, kehrte mit seiner jungen Familie in die USA zurück und studierte Theologie an der Harvard-Universität in Cambridge.

Er wurde Nachfolger von Pfarrer Ernst Sieber in Zürich-Altstetten, seit 1999 ist er Teilzeitpfarrer in der reformierten Kirchgemeinde Niederhasli-Niederglatt und Film- und Werbesprecher. Als Sprecher auf Englisch leiht er in Tonstudios der ganzen Schweiz Firmen, Popstars und dem Armeefilmdienst seine Stimme. Er schreibt seit 1997 Kolumnen für die «Berner Zeitung».

Arthur Bowler

Ein Schweizer ohne Ordner ist wie ein Cowboy ohne Hut

Wahr- und Frechheiten

Cosmos Verlag

Lektorat: Roland Schärer
Umschlag: Stephan Bundi, Niederwangen bei Bern
Satz und Druck: Schlaefli & Maurer AG, Interlaken
Einband: Schumacher AG, Schmitten
ISBN 3-305-00308-1

www.cosmosverlag.ch

Inhalt

Ab – an einen besseren Ort!

Wandern wir aus. Dann wären wir glücklich. Falls Sie nicht sicher sind, ob Sie auswandern sollen oder nicht, helfe ich Ihnen, die Entscheidung zu treffen. Laut einer neuen Umfrage hat fast die Hälfte der Schweizer Bevölkerung schon einmal daran gedacht, den Text einer neuen Nationalhymne auswendig zu lernen (was sie hierzulande nie gemacht haben). Sogar brave Kirchgänger haben diesen Traum. Als ich kürzlich an einem Sonntagmorgen fragte, wer ans Auswandern denke, haben mehrere Gottesdienstbesucher die Hände hochgestreckt – überraschend auch der 80-jährige Organist und meine Frau. (Die Kinder und ich sind nicht sicher, ob sie mit oder ohne uns auswandern will. Ich bin am Abklären.) Viele erhoffen sich an ihrer Traumdestination eine andere Mentalität, ein positiveres Lebensgefühl und eine bessere Lebensqualität. Kurz gesagt: mehr Platz, Sonne und billigeren Whisky; weniger Regeln, weiss gekleidete Menschen mit dem Namen Uriella und Pfarrer, die niemand versteht. Die Traumdestinationen? Australien, Amerika, Kanada. (Interessant: Viele Schweizer klagen über Überfremdung hierzulande, wären aber durchaus bereit, selber ein anderes Land zu überfremden.)

Wie alles im Leben hat Auswandern Vor- und Nachteile. Mit dieser Tatsache im Hinterkopf präsentiere ich Gründe für und gegen das Auswandern nach – zum Beispiel – Amerika, meiner ersten Heimat:

Mehr Platz. Es gibt in den USA Flaggen so gross wie der Kanton Basel-Stadt, besonders in Kriegs- oder George-W.-Bush-Zeiten. Aber aufgepasst: Aus irgendeinem Grund gehen manchmal grosse Flaggen und kleine Hirne zusammen.

Mehr Toleranz. Vorausgesetzt, Sie heissen nicht Mohammed und wohnen zurzeit nicht in Kuba.

Faster Food. Dort kommt der Pizza-Kurier oft schneller an als der Krankenwagen.

Gründe *gegen* das Auswandern:

Bessere Löhne. Die Schweiz ist laut der World Bank das reichste Land der Welt. Besonders wenn man als CEO eine Firma in den Ruin treibt und dabei noch abkassiert.

Mehr Sauberkeit. Auf den Strassen, nicht in der Bank.

Frieden. Die Schweizer sind ein friedliebendes Volk. Sie haben seit Hunderten von Jahren keinen Krieg geführt. Sie haben alle Hände voll zu tun, Konflikte gegen Arbeitskollegen, Nachbarn und Familienmitglieder auszutragen.

Ein Bestseller auf Englisch war vor kurzem «You Can Be Happy, No Matter What», sinngemäss etwa: «Sie können glücklich sein, komme, was mag.» Der Psychologe warnt uns davor, Sätze wie «Ich werde glücklich, wenn…» zu sagen. Wenn wir so denken, verpassen wir das Leben. Glück, so sagt er, ist nicht abhängig von Ergebnissen oder Orten. Man kann glücklich sein, gerade jetzt, wenn man es so wählt. Okay, ich bleibe. Wenn nur eine gewisse weiss Gekleidete endgültig auswandern würde – nach San Francisco. Alcatraz.

A Dad and a Dog

An einem Tag im Jahr 1963 stürzte ein einziges Ereignis ganz Amerika in einen tiefen Schock. Zur gleichen Zeit wuchsen ein Vater und ein Sohn noch näher zusammen und stärkten das, was Familie bedeutet. Ein kleines Erinnerungsstück steht immer noch auf meiner Kommode im Zürcher Unterland, und wenn es bei uns brennen sollte, wüsste ich genau, was ich machen müsste.

An diesem Tag, dem 22. November 1963, kam ich früh von der Schule nach Hause und weinte. Ich hatte bei den Erwachsenen einen Gesichtsausdruck gesehen, den ich nie zuvor gesehen hatte, und er machte mir Angst. Es war der Ausdruck von Schock, der entsteht, wenn ein Präsident einem Attentat zum Opfer fällt, und es geschah in einer Zeit, als Gewalt viel weniger an der Tagesordnung war als heute. Für einen Knaben war es schwierig zu verstehen. Unsere Lehrerin kam mit roten Augen ins Klassenzimmer und sagte uns, die Schule sei schon um zwei Uhr fertig. Die gelben Schulbusse kamen und fuhren uns nach Hause. Die Stimmung im Bus war gedrückt, als wir Kinder durch unsere kleine Stadt in Massachusetts fuhren – durch eine andere Welt, eine Welt, die für immer etwas von ihrer Unschuld verloren hatte, ein Land, in dem plötzlich alles auf der Stelle stehen blieb. Es war für Amerika das Ende der so genannten «Camelot»-Periode, einer Zeit mit einer Atmosphäre von Glück und Unschuld. Die Ermordung Kennedys war nicht nur das erste von ein paar Attentaten in Amerika, es war der Anfang einer schwierigen Zeit des Landes. Plötzlich gab es nicht Beach Boys oder Elvis im Radio, sondern traurige Musik. Wo uns früher lockere Fernsehsitcoms unterhielten, da kam nun auf den drei Sendern das Gleiche: Männer mit ernsthaften

Gesichtern, die über die neusten Einzelheiten von Kennedys Tod berichteten. Das Land und ein Vater und ein Sohn schienen Halt zu suchen an etwas.

Plötzlich fragte mein Vater: «Hey, kommst du downtown mit mir?» Und so gingen wir zu Fuss in die kleine Stadt, wo man auf der Strasse spüren konnte, dass etwas Gravierendes passiert war. Wir spazierten an den Läden vorbei, zu einer Zeit, als ein «Kettenladen» nur ein Laden war, der Ketten verkaufte. Da gab es Taylor's Drug Store, wo man ein Arztrezept abholen und auch sitzen und eine Cola trinken konnte, Giuliani's Grocery, wo es möglich war, alles auf Rechnung zu kaufen, und Hill's Five & Dime, wo man tatsächlich etwas für fünf oder zehn Cents kaufen konnte. Dort fanden wir einen Schatz für fünfzehn Cents, der mich seit jenem Tag inspiriert: einen kleinen Hund. Es war ein Boxer aus Gips, und mein Vater versprach mir, wir könnten ihn zusammen bemalen, damit er so aussehen würde wie unser geliebter Boston-Terrier.

Und so sassen Vater und Sohn in der Küche und arbeiteten, während der Fernseher im Hintergrund lief und die Details eines gefallenen Helden übertrug. Während schwarzweisse Bilder im Fernsehen flimmerten, schmückte schwarzweisse Farbe den kleinen Hund. Schwarzweisse Bilder erinnerten uns daran, was falsch war mit unserer Welt, während schwarzweisse Farbe uns daran erinnerte, was richtig war: Familie, Liebe und die Hingabe von Eltern, die da waren, lange bevor moderne Sprüche wie «quality time» uns eine Ausrede dafür gaben, weniger Zeit mit unseren Kindern zu verbringen. Inmitten der Tragödie gab es eine Gewissheit. Was Amerika zu suchen schien, fanden ein Vater und ein Sohn miteinander.

Der kleine Hund begleitete mich nicht immer; als Teenager oder junger Mann will man so etwas nicht ins Pfadilager oder ins College mitnehmen. Aber mit den Jahren kommt etwas Weisheit, und etwas später wird einem klar, was so etwas bedeuten kann. Nach ein paar Jahren fand ich den Hund wieder in einer Schachtel und er begleitete mich in meinem alten VW nach Kanada, Kalifornien und vielen anderen Amerika-Destinationen und schliesslich nach Europa ins Zürcher Unterland. Die Zeit ist nicht sehr würdevoll mit ihm umgegangen; er wurde mehrmals beschädigt und wieder geleimt. «Das macht ihn sogar besser», sagte mir mein Vater eines Tages überraschend. «Es zeigt uns, dass wir im Leben auch angeschlagen werden, aber wir werden aufstehen und weitergehen. Das wirst du auch.» So war es und so ist es. Wir finden die Kraft weiterzugehen, oft durch unsere Lieben, die da sind für uns.

Ich erwarte ein bedeutendes Erbe, wenn meine Eltern nicht mehr da sind. Es wird mich den Rest meines Lebens versorgen. Aber bevor Sie einen falschen Eindruck bekommen, lassen Sie mich sagen, dass dieses Erbe nichts mit der Börse oder mit Bankkonten zu tun hat. Ich erwarte nicht so viel in dieser Hinsicht. Meine Erbschaft wird ein Erbe des Herzens sein: die Erinnerungen an Liebe, die Lehre der engagierten Eltern, das Vermächtnis von Zeit, die wir miteinander geteilt haben. Und ein kleiner Hund, der auf der Kommode steht, wo ich ihn jeden Tag sehen kann, und der mich daran erinnert, was in unserer Welt richtig und anständig ist. Und wenn es brennt, geht er zuerst.

Älter werden

Eines Tages passiert es uns allen. Es wird einem klar, dass man älter wird. Man schaut in den Spiegel, und die Person, die zurückgafft, zwingt einen dazu, ein Gebet oder einen Fluch zu flüstern. Das passiert besonders am Morgen. «Shit, ich sehe älter aus als ein Dinosaurier ohne Schlaf», ist einer, den ich gebraucht habe.

Manchmal sind es andere, die einen zwingen, sich über das Alter Gedanken zu machen. Ich habe zum Beispiel bemerkt, dass Ärzte als Studenten zu sagen lernen: «Na ja, in Ihrem Alter ...» Dann raten sie Ihnen, nicht zu viel zu trinken, nicht zu viel zu essen, nicht zu viel von sonst etwas. Schliesslich raten sie Ihnen, das Leben zu geniessen. Oder Sie müssen vielleicht jüngeren Menschen das Wort «Schallplattenladen» erklären oder die Tatsache, dass etwa die Hälfte der Lieder, die Sie so cool finden, schon vor sehr langer Zeit produziert worden sind. Und da ich mit meinen Kindern Englisch spreche, muss ich erklären, dass die Kalendertermini «n. Chr.» und «v. Chr.», die auf English AD und BC heissen, nicht After Dad und Before Computers heissen.

Ja, man wird älter. Und was macht man? Flüstern Sie etwas und dann machen Sie weiter. Denken Sie an drei Menschen, die mir Mut machen: Reverend Bowler senior, Britney Spears und einen Anhalter namens Jake. Mein Vater, dreiundachtzig, der gute Reverend, der immer noch arbeitet, predigt und zu schnell durch Boston fährt, Britney Spears, die kürzlich gesagt hat, sie wolle alt werden, und Jake, der Anhalter, den ich einmal in Montana mitgenommen habe. Er trampte durch Amerika mit 64. Seine Kinder waren erwachsen, seine Frau war gestorben. Er hatte ein paar Sachen in den Rucksack gepackt und hatte eine wunderbare Zeit. Ich fragte ihn dies und jenes und wie er sich fürs Trampen entschieden habe. Es schien mir riskant in seinem Alter, und ich sagte, viele von uns hätten Mühe, Entscheidungen im Leben zu treffen, da wir Angst hätten, es sei nicht die «richtige Zeit», eine Änderung zu machen. Und dann dachte ich an den Berufsberater Richard Nelson Bolles, der geschrieben hat: Es gibt wahrscheinlich nie eine «richtige Zeit», es gibt immer Hindernisse und Herausforderungen, wann immer man sich überlegt, eine Veränderung im Leben zu wagen. Es wird immer Schwierigkeiten geben, wenn wir dem Ruf unseres Herzens folgen und den Weg einschlagen, von dem wir glauben, dass es das Schicksal so will.

Also erlebte mein neuer Freund Jake einen wunderbaren Lebensabschnitt. Ich nahm ihn mit in eine staubige, kleine Stadt in Montana, wo wir miteinander einen furchtbar schwachen amerikanischen Kaffee tranken, und dann schaute ich zu, als dieser 64-jährige Mann fortging mit einem Rucksack am Rücken und einem Lächeln auf dem Gesicht. Er folgte dem Ruf seines Herzens, nicht dem Ruf seines Alters.

Ängst

Die Schweiz wird überrollt mit Fremdwörtern aus dem Land der unbegrenzten Möglichkeiten. Das wissen wir alle. Und umgekehrt? Gibt es Wörter aus dem Deutschen in Englisch? Kann es sein, dass New Yorker sagen: «Ya man, it was really geil.» Ja, nicht genau. Aber jedes Kind in Amerika und Kanada geht in den *Kindergarten; Wanderlust* ist ein ziemlich verbreitetes Wort; *Gesundheit* sagen viele Nordamerikaner, wenn jemand niest; *Blitzkrieg* ist dank Adolf H. ein Begriff, den viele verstehen, und coole Journalisten in Amerika sprechen und schreiben von *Angst* (ausgesprochen «Ängst»).

Offenbar spüren Schweizer und Schweizerinnen heute etwas weniger davon. Helvetier und Helvetierinnen fühlen sich immer sicherer, wenigstens in der Deutschschweiz. Nach einer Studie des GfS-Forschungsinstituts fühlt sich die Hälfte der Befragten «sehr sicher», wenn sie in ihrer eigenen Wohngegend nachts allein zu Fuss unterwegs sind. 1997 war es nur ein Drittel. Wenn sich heute mehr Befragte sicher fühlen als 1997, könnte das mit dem Rückgang der Kriminalität in der Schweiz zusammenhängen. Für den Fall, dass Sie sich zu gut fühlen, mache ich Sie auf ein paar andere Dinge aufmerksam, die Angst machen.

Ich zum Beispiel habe immer *Ängst*. Zinssätze, das Ozonloch, Ehefrauen, die lang im Büro arbeiten mit dem gut aussehenden Chef. Oder Briefe vom Synodalrat oder von der Fremdenpolizei (beide wollen mich ausschaffen, der eine aus der Kirche, die andere aus dem Land), Piloten, die ansagen: «Wir haben ein Problem», Teenager, die mein Auto ausleihen und, wenn sie zurückkommen, fragen: «Daddy, haben wir Vollkasko?»

Die schweizerisch-amerikanische Psychiaterin Elisabeth Kübler-Ross hat geschrieben, wir seien mit nur zwei natürlichen Ängsten geboren worden: der Angst vor unerwarteten, lauten Geräuschen und der Angst vor dem Fall in die Tiefe. That's it. Nur zwei. Alle anderen, so sagt die Frau aus Meilen am Zürichsee, die jetzt in Arizona lebt, sind unnatürlich und selbst gemacht: Spinnen. Was die Nachbarn denken. Hitchcock. Der Alptraum, dass im Fernsehen auf allen Kanälen nur Teletubbies kommen. Stundenlang in einem Lift mit der Schwiegermutter stecken bleiben. Alle unnatürlich. Und dann geben wir unsere Ängste unseren Kindern weiter und sie geben sie ihren Kindern weiter und so fort. Wenn wir nur mit den zwei natürlichen Ängsten leben könnten, dann würden wir besser leben.

Ich habe mit dem Alter bemerkt, dass ich Angst habe vor Sachen, die das im Grunde genommen nicht wert sind. Ich habe Angst, meine Haare zu verlieren, obwohl es mich beschäftigen sollte, was drinnen, nicht was oben ist. Ich habe Angst, Geld zu verlieren, obwohl ich viele reiche Menschen kenne, die sehr unglücklich sind. Ich habe Angst, älter zu werden, obwohl das so natürlich ist wie das Leben selber.

Wir sollten alle versuchen, uns an die Worte von Kübler-Ross zu erinnern und mit weniger Angst zu leben. Werde ich auch. Aber wenn meine Schwiegermutter aus Twann am Bielersee diese Zeilen liest, dann habe ich wirklich *Angst*. Sorry, Mom!

Arthur, der Ausländer

Es ist am Anfang jeder Sitzung klar zu sehen, wer hier geboren worden ist und wer nicht. Nicht, dass die Mitglieder der Red Pass Group immer pünktlich hereinspazieren, und auch nicht, dass sie allen die Hand geben und höflich «Sali zäme!» sagen (auch denjenigen, die sie mobben). Es geht darum, was sie in der Hand tragen: Ordner. Den Kern des Schweizerseins.

Welche Eigenschaften halten Sie für typisch schweizerisch? Eine Umfrage, die das GfS-Forschungsinstitut durchgeführt hat, zeigt: für offen, dynamisch oder fortschrittlich halten sich Schweizer selber nicht so sehr, aber für sauber, fleissig, stur, bünzlig, pünktlich – dazu kommt natürlich der geliebte Ordner.

Dagegen kommt Arthur, der Ausländer, spät herein, ruft schnell «Hi!» und trägt statt eines Ordners einfach einen zerzausten Haufen Papier mit sich. Weil ich Sitzungen nicht ausstehen kann, schaue ich mich ein wenig um, während andere schnure, und ich merke: Ordnung überall, die Möbel im Zimmer, die Strassen, sogar die Schweizer Flagge, die draussen weht: wohl die einzige der Welt, die quadratisch ist, mit einem genau in der Mitte platzierten Kreuz, alles symmetrisch, alles ordentlich. Kein Platz für Sterne in der Ecke oder etwas Ähnliches, das die Symmetrie stören würde. Und Ordner. Ein Schweizer ohne Ordner ist wie ein Cowboy ohne Hut. Wenn in der Sitzung irgendein Papier gebraucht wird, sagt sofort einer der Red Pass Group: «Ich hab's!», und klickt seinen Ordner auf, je lauter, desto besser. Um allen zu zeigen, dass er am Ball ist, blättert er schnell durch, dann präsentiert er das gesuchte Papier mit dem Stolz einer Mutter, die ihr neugeborenes Kind im Dorf zeigt.

Und Arthur, der Ausländer, der aus dem Fenster schaut und irgendeinen Blues Song im Kopf singt, wird plötzlich zurück in die Realität geholt mit: «Hast du das Papier, Arthur?» Ich wühle erfolglos durch mein Häufchen Papier und die Mitglieder der Red Pass Group schütteln den Kopf. Ich kann nichts dafür. Ich hasse Ordner und was sie bedeuten: Konventionen, die Idee, dass man den anderen folgen muss im Leben, ohne zu fragen, warum. Diejenigen, die zu unserer Welt etwas Spezielles beigetragen haben, sind oft diejenigen, die ihren eigenen Weg gegangen sind. Aber natürlich haben Ordner auch Vorteile, denke ich, als ich in meinem Kopf von Polo Hofer zu Aerosmith wechsle. Die gleichen Eigenschaften, die zu den Ordnern geführt, sind auch diejenigen, welche die Schweiz erfolgreich gemacht haben: harte Arbeit, Aufmerksamkeit fürs Detail. Das Land ist gesegnet. Wir haben es hier gut. Leider haben wir oft nicht viel Zeit, um das gute Leben hier zu geniessen, denn wir sind oft zu stark damit beschäftigt, Ordner zu errichten. Meine Definition einer erfolgreichen Person ist die folgende: Jemand, der weiss, wann man Ordnung machen muss und wann man ihr den Rücken kehrt und einfach nur mit seinen Kindern spielt.

Ausländer, Inländer

Wie geht's Ihnen im Mund? Es könnte darauf ankommen, ob sie zu Hause sind oder nicht. Mein Zahnarzt ist der Meinung, dass sich Stress und Druck, die einige Ausländer spüren, negativ auf die Gesundheit ihrer Zähne auswirken können. Er meint, Ausländer hätten mehr Zahnkaries als Inländer. Darum fragte er mich einmal, wie es mir in der Schweiz gehe. Ich sagte ihm, es geht mir hier gut, aber wenn ich nach Hause ginge, nach Amerika, könnte meine Karies-Anfälligkeit wieder steigen.

Vielleicht kennen Sie die Filme über Austin Powers, einen fiktiven britischen Geheimagenten, der in den Sechzigerjahren eingefroren und dreissig Jahre später wieder zum Leben erweckt wurde, damit er Bösewichte bekämpfe. Aber der arme Austin erlebte einen Kulturschock: Er glaubte, man höre Musik immer noch auf Platten, sagte «groovy» und hatte ungeschützten Sex. (Leider war ich zu jung für eines der drei.) Wenn man jahrelang im Ausland lebt und «nach Hause» zurückkommt, erlebt man in einem kleineren Ausmass etwas Ähnliches wie Austin. Wenn ich heute nach Amerika reise, bemerke ich *mehr*: Shopping Centers, Verkehr, Klimatisierung, Fast Food, Profanität, Styropor, dicke Menschen, und *weniger*: offenen Raum, Menschen, die verheiratet bleiben, Bäume, Kirchgänger (ausser Fundamentalisten, leider), kleine Läden. Limousinen sind noch grösser, Familien kleiner. Und die Zeit ist zusammengedrückt worden. Wo es einmal okay war, *eine* Sache zu machen, macht der neue Amerikaner wenn möglich zwei oder noch mehr Sachen zur gleichen Zeit: Er fährt und telefoniert, er sieht fern und rasiert sich, er joggt und hört Motivations-Kassetten. Man geht nach Hause und fühlt sich etwas ausländisch.

Schweizer, die mehrere Jahre im Ausland gelebt haben, sagen etwas Ähnliches. Sie finden hier *mehr*: Häuser, Kondome, blöde Fernsehprogramme, Abfall, Frechheiten, und *weniger*: Mütter, die zu Hause bleiben, Respekt vor Erwachsenen, Menschen, die gut lesen und schreiben können, Anstand, Postfilialen und kleine Läden. Sie fragen, wann «Einer wird gewinnen» am Fernsehen kommt, und können nicht glauben, dass ein Kaffee an der Zürcher Bahnhofstrasse jetzt fünf Franken kostet.

Mein Freund im Kulturschock und ich treffen uns ab und zu in einer Beiz für ein bisschen Trost und Toast. Wir klagen über unsere veränderten Länder und dass man mit den Jahren nicht mehr wisse, wo man hingehöre. Und trotz der Unterschiede, die wir beide bemerken, wenn wir «nach Hause» gehen, gibt es durch die Jahre natürlich Ähnlichkeiten: Politiker und Pfarrer, die manchmal zu viel reden und zu wenig machen; das andere Geschlecht, das man nicht verstanden hat, als man sein Land verlassen hat, und die Jahre im fernen Land haben das nicht geändert; dass Liebe immer noch wichtiger ist als Sachen.

Ich hätte meinen Freund heute treffen sollen. Aber er musste plötzlich zum Zahnarzt gehen.

Backstreet Boys and Dads

«Daddy, gehst du mit uns zum Backstreet-Boys-Konzert?» Ich traute meinen Ohren nicht. Hatte ich diese Worte meiner Töchter im Alter von nur acht und elf Jahren wirklich gehört? Als ich so alt war, habe ich «How much is that doggie in the window», zu Deutsch «Wie viel kostet das Hündchen im Fenster?», mitgesungen statt «Get down and move it all around», was auch immer das heisst (und vielleicht ist es besser, dass ich das nicht weiss). Aber weil ich (normalerweise) ein lieber Daddy bin und meine Ängste vor einem permanenten Ohrenschaden zur Seite gelegt habe, sagte ich: «Ja, ich gehe mit euch», und löste damit bei meinen Töchtern eine Hysterie aus, welche man früher als Beatlemania kannte, was eine Mischung von Freude und einem epileptischen Anfall war. Eigentlich hatte ich gar keine Lust zu gehen, aber ich sagte nichts.

Ich dachte daran, wie die Zeiten sich geändert haben. Meine Töchter hörten mit Unglauben zu, als ich ihnen erklärte, wie Rock and Roll war vor unserer Zeitrechnung. Ich erzählte, wie ich in Amerika mit vierzehn die Beatles gesehen hatte. Das war anders. Die Jungs aus Liverpool kamen heraus und *sangen*, so frech das tönen mag. Sie tanzten nicht, sie wechselten ihre Kostüme nicht, sie sangen nur. Aber damals war ein Mann mit einem Ohrring wahrscheinlich noch ein professioneller Pirat, und Ecstasy war ein gutes Gefühl und nicht etwas, das man schlucken konnte.

Aber im Zürcher Hallenstadion dachte ich an etwas, das sich nie ändert: die Magie eines Moments zwischen Vater oder Mutter und Kind. Ich schaute zu, wie andere Mütter und Väter ihre Kinder auf den Schultern hatten, hart verdientes Geld ausgaben für Souvenirs, sie zum WC brachten und Tränen wegwischten. Und irgendwann zwischen den ausgeleerten Cokes und dem verlorenen Ohrenschutz hörte ich auf, nicht dort sein zu wollen, und fing an, mich zu amüsieren. Nicht weil ich so gerne den Songs in einer Lautstärke, die Atome hätte spalten können, zuhörte, sondern weil ich wusste: Das ist ein Moment, der für immer im Herzen bleibt, ein Moment mit meinen Kindern. Ich hätte wissen sollen, dass es nicht etwas Mühsames ist, sondern ein Privileg, dass sie diesen Augenblick mit mir erleben wollten.

Im Zug hat sich dann die Elfjährige an mich gekuschelt und gesagt: «Die Backstreet Boys sind toll, aber du bist mein Daddy.» Da habe ich verstanden. Auch wenn ich nicht singen oder tanzen kann und so ausser Form bin, dass mein Schrank voll von verschiedenen Hometrainern sein sollte, können die Boys mich nie ersetzen. Liebe ist gesichert, auch wenn wir in einem neuen Jahrtausend stehen. So viele Sachen ändern sich. Und doch nicht.

Buch der Liebe

Ich sah zu, als er erwischt wurde, mein kleiner Bruder, mit einem Kugelschreiber und dem brandneuen Buch meines Vaters. Als mein Vater das Zimmer betrat, bekam er Angst. Er wusste, obwohl nur zwei Jahre alt, dass er etwas falsch gemacht hatte. Mit dem Kugelschreiber hatte er die ersten zwei Seiten des neuen Kirchengesangbuches meines Vaters voll gekritzelt. Also warteten wir auf seine Strafe. Aber was mein Vater machte, war unglaublich. Er hat uns alle damit viel gelehrt, Lehren, die uns heute noch viel bedeuten und begleiten.

Mein Vater nahm das Buch, schaute es an und setzte sich, ohne ein Wort zu sagen. Bücher waren für ihn sehr wertvoll; er war Pfarrer, und Bücher bedeuteten Wissen und Kennen. Aber statt meinen Bruder zu bestrafen, statt ihn anzubrüllen, nahm er den Kugelschreiber und schrieb selber in das Buch, neben das Gekritzel meines Bruders: «Die Arbeit von John, 1959. Wie oft habe ich in dein schönes Gesicht geschaut und in deine warmen, aufgeweckten Augen und Gott gedankt für dich. Du hast mein neues Buch heilig gemacht, genau wie deine Geschwister mein Leben heilig gemacht haben.» – «Wow», dachte ich, «ist das Strafe?»

Die Jahre und die Bücher kamen und gingen, wie es eben so geht. Meine Familie machte Sachen durch, die alle Familien durchmachen, und vielleicht ein bisschen mehr: Triumph und Tragödie, Gewinn und Verlust, Lachen und Weinen. Sie bekam Grosskinder, sie verlor einen Sohn. Wir wussten immer, dass unsere Eltern uns liebten, und der Beweis dafür war immer das Gesangbuch auf dem Klavier. Jetzt weiss ich, dass mein Vater uns damals viel gelehrt hat. Er lehrte uns, dass alles im Leben eine positive Seite hat, wenn wir nur bereit sind, es von einem anderen Standpunkt anzuschauen, und er lehrte uns, wie wertvoll es ist, wenn unser Leben von kleinen Händen berührt wird. Er hat uns aber auch gelehrt, was im Leben wirklich zählt: Menschen statt Objekte, Toleranz statt Beurteilung, Liebe statt Wut.

Jetzt bin ich, genau wie mein Vater, der in der Nähe von Boston wohnt, auch Pfarrer und auch Vater. Aber anders als er warte ich nicht, bis eine meiner Töchter im Geheimen ein Buch im Pfarrzimmer hervornimmt und hineinkritzelt. Ab und zu nehme ich absichtlich eines hervor, nicht nur ein billiges Taschenbuch, sondern ein gutes, eines, von dem ich weiss, dass ich es mein Leben lang haben werde. Ich gebe es einer meiner schweizamerikanischen Töchter, damit sie ihren Namen hineinschreiben oder ein bisschen darin kritzeln kann. Danach schaue ich ihre Kunst an und denke an meinen Vater, an die Liebe, die er für uns hat, und an die Liebe, die ich für meine Kinder empfinde, Liebe, die das Herz einer Familie ist, und flüstere: «Danke, Dad.»

Daddy, sag mir etwas Gescheites!

Eines Tages sagte meine Tochter zu mir: «Daddy, sag mir etwas Gescheites. Du hast studiert, also, sag mir etwas Cleveres.» Ich fühlte mich geschmeichelt, da meine Teenager-Tochter meinte, ich sei intelligent. Normalerweise bin ich einfach der Tubel, der den Abfallsack hinausträgt und dafür sorgt, dass die Decke nicht herunterfällt. Schön, dass sie meint, ich hätte etwas zwischen den Ohren. Aber apropos Weisheit: Ich bin nicht sicher, wie viel es davon noch gibt in unserer Welt. Der grösste Teil davon ist schon verteilt worden vom Dalai-Lama und von der Peanuts-Bande.

Immerhin, ich wollte etwas Intelligentes sagen. Aber statt einen bekannten Philosophen zu zitieren oder eine schwere Mathematikformel von mir zu geben, die sich für ein 25 000-Dollar-pro-Jahr-Studium geziemt hätte (das meiste habe ich sowieso vergessen), habe ich ihr gesagt: Putze deine Zähne auf- und abwärts und nicht seitwärts. Rauche nicht. Befolge immer die Geschwindigkeitsbegrenzung, ausser wenn du im Auto ein Baby zur Welt bringst oder wenn während der Fussball-WM das Radio im Auto kaputt ist. Und dann sagte ich die folgenden Weisheiten, die ich nicht an Harvard, sondern anderswo gelernt habe; Dinge, die wahrscheinlich viel praktischer und sicher billiger sind:

Lerne eine Fremdsprache. Das dehnt die Seele. Und darin zu fluchen macht Spass.

Weine und schmunzle an einer Abdankung. Das Gleiche an einer Hochzeit, aber in umgekehrtem Verhältnis.

Lass einen Arzt nicht operieren, bevor du nicht eine andere Meinung gehört hast. Das Gleiche gilt, wenn ein Pfarrer dir sagt, im Himmel sei kein Platz für dich.

Bevor du ein Vorurteil gegen eine Menschenrasse oder -gruppe bildest, lerne jemanden davon kennen. Dann wirst du wahrscheinlich gar keine Vorurteile haben.

Verliebe dich nicht in einen ausländischen Menschen gleichen Geschlechts, wenn du nicht bereit bist auszuwandern, denn hier bleiben darf er oder sie in unserem toleranten Land nicht.

Respektiere die Eltern. Sie wissen, was es heisst, Opfer zu bringen.

Sieh weniger fern. Lies mehr.

Vergib. Mit der Übung wird es einfacher.

Vermeide die Küche, wenn du dich langweilst. Es ist nicht gut für die Figur.

Glaube nie, dass andere es einfacher haben. Jeder hat irgendwo eine private Hölle im Leben.

Wähle eher erfolgreiche Beziehungen als erfolgreiche Leistungen. Eines Tages, wenn du eine Hand brauchst, die dich hält – und die wird jeder von uns eines Tages brauchen –, bedeuten deine Fertigkeiten wenig.

Sei vorsichtig, von wem du Rat annimmst, inklusive von mir. Aber vertraue mir mit der Zahnputzmethode.

Der Pfarrer hat die Nase voll

«Sie werden niemals deprimiert, nicht wahr, Herr Pfarrer? Sie sind immer so fröhlich!», sagte mir eines Tages eine Frau vor der Kirche. Falsch, sagte ich ihr. Ich habe manchmal auch die Nase voll von all den «Aufs» im Leben: aufstehen, aufräumen, Aufsicht führen, aufmuntern. Ich werde auch *down*, sagte ich, aber wenn das passiert, wende ich mich nicht an Gurus, Self-help-Bücher oder Antidepressiva. Stattdessen denke ich an Montana und lange Tage in einem alten VW Käfer. Es hilft immer.

Als ich zwanzig Jahre alt war, bekam ich einen Job im Glacier National Park im Bundesstaat Montana, in der Nähe von Kanada. Ich fuhr von Massachusetts an der Ostküste los, hatte einen Kloss im Hals, als ich meine Familie verliess, und fuhr alleine in einem alten, langsamen Käfer. Die Reise dauerte etwa eine Woche und das Erlebnis war unvergesslich. Die Freiheit. Die Jugendzeit. Das Gefühl von endloser Zeit. Niemand, auf den ich aufpassen oder Rücksicht nehmen musste, es gab keine Versprechungen zu halten. Niemals fragte ich mich, wie es meinem Körper geht, denn es ging ganz gut.

Jetzt, im Midlife, versunken in einem Leben voll von Hypotheken, Verantwortungen und Gelöbnissen von «Fürimmer-keiten», würde ich alles geben, um nochmals die gleiche Reise machen zu können, in einem alten, langsamen VW oder noch besser in einem alten Cowboy-Kleinlieferwagen mit einem Gewehrträger am Heckfenster, an dem eine Gitarre statt einer Waffe hängt, von einer Seite des nordamerikanischen Kontinents zur anderen. Wie damals wäre ich nur in Begleitung eines MW-Radios, doch diesmal mit einer Flasche Wein. Ich hätte etwas, das ich heute im Midlife nicht mehr habe: Zeit. Zeit, um die schwierigen Fragen zu stellen; Zeit, um mich über das Leben zu wundern, um nachzudenken, warum es manchmal so weh tut.

Ich würde hysterisch lachen, ich würde sanft weinen. Ich würde in billigen Motels übernachten und stundenlang laut mit mir selber sprechen. Wie dreissig Jahre zuvor würde ich die Sonne beim Untergang in dem weiten, offenen Himmel von Amerika anschauen. Dieser alte, selbstleuchtende Fixstern wäre nicht anders als damals, aber ich wäre anders. Ich würde auf die schwierigen Fragen im Leben keine Antworten finden, denn die finden wir fast nie, aber bloss die Fragen zu stellen hilft ein bisschen. Und dann weiss ich, was passieren würde. Ich würde an meine Lieben zu Hause denken. Ich würde mich daran erinnern, dass es unmöglich ist, sehr lang deprimiert zu sein, wenn ich sie neben mir habe. Es wäre mir klar, dass *Menschen* uns einen Grund geben, zu leben und weiterzugehen. Dann würde ich mit einem Fluch und einem Lächeln im Mund mit meinem alten Truck umkehren und zu den Aufs zurückfahren.

Deutsch ist auch eine lustige Sprache

Überlegen Sie sich einmal: du, Sie, ihr, euch, Ihnen: Dafür gibt es auf Englisch nur ein Wort: you. Deutsch ist eine schwere Sprache, so sagt und weiss jeder Ausländer. Aber manchmal auch eine lustige, besonders wenn ein erwachsener Mann in die Schweiz kommt, ohne ein Wort Deutsch zu sprechen, und zwei Sprachen, das heisst Schriftdeutsch und Mundart, lernen muss. Von Anfang an gab es peinliche und lustige Momente: Als ich hierher kam, hörte ich, wie meine Frau, damals meine Freundin, alle ihre Freunde mit «Salü!» oder «Hoi!» grüsste. Das war mein erstes Wort auf Schweizerdeutsch. Als sie mich ihren Eltern und dann beim grossen Dorffest in Twann am Bielersee wichtigen Leuten, wie dem Gemeindepräsidenten, dem Dorfarzt und dem Pfarrer, vorstellte, habe ich allen die Hand gegeben und sie mit Stolz gegrüsst, wie ich es von meiner Frau und ihren Freunden gelernt hatte: «Salü!» In ihren Gesichtern sah ich Farbtöne, die ich nie zuvor gesehen hatte.

Später kam die Zeit im Deutschunterricht in Zürich. Wir mussten einen Text vorlesen. Am Anfang weiss man nicht, wie man deutsche Wörter aussprechen soll. Und so kam der Höhepunkt eines Krimis, den ich mit lauter Stimme vorlas: «Stopp, sonst scheisse ich!» Der Lehrer konnte sein Lachen nicht zurückhalten. Weil ich nicht wusste, was ich falsch gesagt hatte, fuhr ich einfach mit Vorlesen fort: «Nein», sagte der Sohn, «nicht scheissen, Vater!»

Endlich, Jahre später, als ich genug Deutsch sprechen konnte, um als Pfarrer zu arbeiten, habe ich an einem heissen Sommersonntagmorgen gesagt: «Guete Morge mitenand! Es isch e schöne Tag, aber e chli schwul!» (Umlaute sind für Englischsprechende sehr schwierig.) Ich merkte, dass einige Menschen lachten, aber fand erst später heraus, warum.

Wir leben in einer Kultur, die versucht, Fehler zu verdecken. Wenn eine Person in einer Position der Öffentlichkeit erwischt wird, etwas Falsches gemacht zu haben, ist in der Regel zu erwarten, dass er oder sie zuerst sagt: «Ich habe es nicht gemacht!» Viele meinen, Fehler machen sei ein Zeichen von Schwäche. Stimmt nicht. Wir lernen durch unsere Fehler. Sie fördern Wachstum. Durch Fehler sieht man, dass wir menschlich sind. Jedermann, der etwas Gutes aus seinem Leben gemacht hat, hat Fehler gemacht und ist weitergegangen. Ich werde manchmal gefragt, wie ich das gemacht habe, erst mit einunddreissig Jahren Hochdeutsch und Mundart zu lernen (mehr oder weniger). Es war sicher nicht, weil ich keine Angst hatte, Fehler zu machen (ich hatte viel), sondern weil ich nicht erlaubte, dass diese Angst mich daran hinderte weiterzumachen. Machen Sie Fehler und gehen Sie weiter! Aber bitte wenn möglich mit einem Schmunzeln.

Die Ehe ist nicht nur ein Zuckerschlecken

Falls Sie, liebe Leser und liebe Leserinnen, meinen, dass ich als Pfarrer oder Autor eine Ehe hätte, in der meine Frau und ich stundenlang am Kamin sitzen und einander seufzend in die Augen blicken, na ja, vergessen Sie es. Jede Beziehung hat schöne und harte Momente. Auch im Pfarrhaus. Manchmal liebe ich meine Frau über alles, andere Male würde ich gerne ihre Haut mit einer Lötlampe bräunen. Ich weiss, ein Pfarrer sollte nicht so sprechen, aber wissen Sie, ich stehe auf solidem Boden. Experten sagen uns, es sei ganz normal, Gefühle von Hass zu haben für diejenigen, die wir lieben. Das tröstet mich sehr, wenn ich in der Werkzeugabteilung eines Warenhauses bin. Ehepaare streiten, also, lassen Sie mich Sie auf ein paar typische Uneinigkeiten aufmerksam machen. Für diejenigen, die noch nicht das Gefühl der ehelichen Wonne kennen: Das können Sie eines Tages erwarten. Für diejenigen, die schon verheiratet sind: Vielleicht suchen Sie einen Grund für ein schönes Streitchen, also, schauen Sie die Liste schnell durch.

Ausgehen: Ein Partner steht an der Tür und schreit: «Chumm!» Oft ist es der Mann, der zuerst bereit ist.

Sex: Wieder einmal ist einer fast immer bereit. Ich glaube, Sie wissen, wer. Und auch hier ist das Wort «Chumm» nicht fehl am Platz.

Haushalt: Ein gut bekannter Bereich für Ehekrach. Ein Partner will ein Zuhause, das wie aus *Schöner Wohnen* aussieht, der andere findet es überhaupt nicht störend, auf dem Weg zum Geschirrspüler über schmutzige Unterwäsche zu steigen.

Geld: Was du brauchst, ist wichtig, was dein Partner will, ist doof. Ein Fernseher im Badezimmer? Na ja, die WM kommt.

Kindererziehung: Ein Partner ist zu streng, der andere zu nachsichtig. Einer besteht darauf, Kinder sollen gerade sitzen, eine gute Ausbildung haben und wie ein Bundesrat sprechen. Der andere Partner rechnet damit, dass es immer offene Stellen bei der World Wrestling Federation geben wird.

Kommunikation: ist immer ein schwieriger Punkt, heute für die Schweiz noch schlimmer, da Schüler aus der Deutschschweiz und der französischen Schweiz in Zukunft wahrscheinlich Englisch miteinander sprechen und einander manchmal überhaupt nicht verstehen werden. Ein Sprichwort aus Schweden sagt: Man versteht einander nur, wenn man nichts zueinander sagt. Aber die Nächte mit wenigen Worten haben Sie wahrscheinlich überhaupt in Schwierigkeiten gebracht.

Ja, es ist ein harter Job zusammenzuwohnen. Aber bis die Zeit kommt, da ein besseres System entwickelt wird (meine Frau hat grosse Hoffnung auf Genmanipulation von mir), werden wir Menschen uns immer noch kennen lernen, uns verlieben und zusammenwohnen. Und streiten. Nicht vergessen, zu lachen, das Gesamtbild des gemeinsamen Lebens anzuschauen und gemeinsame Interessen zu entwickeln. Unternehmen Sie Aktivitäten zusammen, wie das Einkaufen. Aber vermeiden Sie die Werkzeugabteilung.

Die Gebote Mose gehen in die Hose

Wie Sie, liebe Leser und Leserinnen, schaue ich mit etwas Unsicherheit in die Zukunft, aber auch mit etwas Humor. Ich denke in der letzten Zeit viel an Gebote und habe einen Vorschlag, wie wir alle besser miteinander leben können. Mit «Gebote» meine ich nicht das Gebot der Stunde oder das Gebot der Vernunft, sondern Gebote, die wir alle nach Mose, Mohammed oder Mami einhalten sollten, aber einfach nicht können. Für diejenigen, die in der Sonntagsschule Informationen verpasst haben, weil sie zu fest damit beschäftigt waren, das Haar eines Mädchens zwischen die Seiten einer Bibel zu kleben (habe ich gesehen), blicken wir kurz auf die Zehn Gebote nach Mose zurück und lassen die Gründe folgen, warum wir sie nicht einhalten können.

Du sollst nicht lügen. Gilt nicht, wenn ein Partner oder eine Partnerin fragt: Sehe ich dick aus in dieser Hose?

Du sollst nicht töten. Regierungen sind meistens ausgeschlossen. Ich glaube, es wäre jetzt an der Zeit, den Frauen eine Chance zu geben, die Welt zu regieren. Hoffentlich wären sie mit den Leben ihrer Söhne vorsichtiger als die Männer, würden mehr an Menschen denken und weniger an Muskeln (diejenigen über und unter der Gürtellinie).

Missbrauche nicht den Namen des Herrn. Gilt nicht, wenn man den Daumen mit einem Hammer trifft oder der Partnerin/dem Partner auf die Frage über die Hose etwas anderes als «natürlich nicht, Schatz» antwortet.

Suche nichts an dich zu bringen, was einem anderen gehört, weder seine Frau noch seine Sklaven, Rinder oder Esel. Gott sei Dank ist sein Mercedes oder seine Fluggesellschaft nicht auf der verbotenen Liste.

Vergiss nicht den Tag der Ruhe. Ausser wenn man Geld verdienen kann.

Du sollst nicht stehlen. Aber hoffentlich haben Sie als Andenken etwas Swissair-Stahlbesteck mitgenommen. Gott würde das verstehen. Nachdem die CEOs und Banker die Firma in den Ruin getrieben haben, ist zu Hause der einzige Ort, wo man in der Zukunft solches Besteck (und wahrscheinlich auch den Namen) sehen wird.

Neben mir gibt es für dich keine anderen Götter. Chefärzte, Supermodels oder Bill Gates ausgenommen.

Zerstöre keine Ehe. Wenn Sie erwischt werden, machen Sie es wie ein Präsident und sagen Sie: Es war nicht Sex.

Wie Sie merken, gibt das nur acht Gebote. Nach Jahren als Theologiestudent und Pfarrer möchte ich an dieser Stelle das neunte und zehnte Gebot präsentieren – brandneue Gebote, die für alle Religionen der Welt gültig sein werden:

Du sollst nicht Fundamentalist werden. Aber eben, wie wir alle wissen (besonders die Menschen von New York und Washington), wäre das für einige leider auch schwer einzuhalten.

Du sollst trotz allem mit Hoffnung und etwas Humor in die Zukunft schauen. Hoffentlich einfacher einzuhalten als die anderen neun.

Übrigens apropos lügen: Pfarrer und Journalisten lügen nicht. Aber fragen Sie diese nur einmal, ob die Hose dick macht.

Doppelbürger-Dummheiten

Das letzte Mal, als mich meine Eltern aus Amerika besucht haben, waren sie erstaunt, wie schweizerisch ich mit den Jahren geworden bin. Als Doppelbürger von Twann, Bern, und Boston, Massachusetts, habe ich gewisse Dinge von beiden angenommen. Ich gebe zu, ich bin schweizerisch geworden, tatsächlich so sehr, dass:

ich die Nationalhymne am 1. August nicht singen kann, ohne auf die Worte zu schauen.

ich es nötig finde, allen, die ich grüsse, auch die Hand zu geben und die Frauen, die ich gut kenne, dreimal zu küssen. An einem typischen Tag habe ich mehr Körperkontakt zu Fremden als zu meiner Frau, und das meiste davon ist nicht halb so interessant.

ich mit der Schweizer Politik unzufrieden bin, aber kein anderes Land nennen kann, dessen Politik ich besser finde.

ich, sobald ein Schweizer Sportler gewinnt, von «wir» rede, aber wenn der Gleiche verliert, von «er» oder «sie».

ich der Meinung bin, dass der Sonntagsspaziergang ein olympischer Sport werden soll.

ich meine, die Schweiz soll politisch neutral bleiben. Aber Waffen dürfen wir überall verkaufen.

ich in einer Kirche heiraten möchte, weil sie schön ist. Wie ich weiss, dass eine Kirche schön ist, ist ein Rätsel, da das letzte Mal, als ich eine Kirche von innen gesehen habe, an meiner Taufe war.

Aber, habe ich meinen Eltern versichert, ich bin auch Amerikaner geblieben, und zwar so sehr, dass:

ich glaube, dass das, was mein Präsident in seinem Schlafzimmer macht, wichtig ist und die ganze Welt davon erfahren möchte.

ich glaube, andere über Menschenrechte belehren zu können, und gleichzeitig finde ich es richtig, Sträflinge aneinander zu ketten («chain gang»).

ich es befürworte, dass Amerika in die ganze Welt Beobachter schickt, um sicherzustellen, dass die Wahlen demokratisch verlaufen. (Gehört Florida auch zur Welt?)

ich die amerikanische Nationalhymne singe und die Hand aufs Herz lege, ohne zu wissen, warum.

ich Freunde habe, die sehr oft sagen, die USA seien «das beste Land auf der Erde», obwohl sie so wenig von anderen Ländern wissen, dass sie oft verwirrt werden zwischen Switzerland und Sweden.

ich es richtig finde, dass Kinder keine Nacktheit im Fernschen sehen dürfen, aber viel Gewalt schon.

wenn ich mir überlege, für wen ich als Präsidenten stimme, ich in Betracht ziehe, wer gesagt hat, er sei der beste Freund Gottes.

Eine richtige Belastung, wenn man zwei Zuhause hat. Ich sollte mich eigentlich entspannen, weiss aber nicht, ob ich ein Glas Wein aus dem Wallis oder aus Kalifornien trinken soll. Aber trotz der Unterschiede, Wein ist Wein, und trotz der Unterschiede zwischen Amerikanern und Schweizern, Menschen sind Menschen.

Eine coole Berühmtheit

Harvard University. Ein schönes Stück Amerika. Gegründet im Jahre 1636 in Cambridge, Massachusetts. Wird als die Universität in Amerika mit dem höchsten Prestigewert betrachtet. Ich hatte das Glück, dort studieren zu können. Es ist durchaus ein cooler Ort voller cooler Menschen. Reiche, intelligente Menschen und Menschen aus bekannten Familien. Dort lernte ich tatsächlich einen bekannten Menschen kennen. Und durch ihn änderte ich meine Definition von cool, und sie hat nichts mit Harvard zu tun.

Ich traf dort den Bestsellerautor Raymond Moody, der Bücher wie *Leben nach dem Tod* und andere geschrieben hat. Er kam nach Harvard, um eine Rede zu halten. Nach seiner Präsentation umringte ihn eine grosse Menge. Ich arbeitete mich durch das Gedränge bis zu ihm, schüttelte seine Hand und dankte ihm für seine Rede. Dann bat ich ihn, eines seiner Bücher für mich zu signieren. Er fragte nach meinem Vornamen, signierte das Buch und lächelte mich an.

Später, in meiner Wohnung im alten Campus, öffnete ich das Buch und las: *To Arthur. With warm wishes, Raymond.* Raymond? Hier war ein Mann mit drei Titeln: Professor, Dr. med. und Dr. phil. Und dieser Mann schrieb *Raymond* für jemanden, den er noch nie gesehen hatte und nie wieder sehen würde. Ich war überrascht von seiner Einfachheit und Bescheidenheit. Er, der mehr als andere auf Titel hätte Anspruch erheben können.

Aber er hat einmal geschrieben, dass er verwandelt wurde von seinen Patienten, die ihm ihre Erlebnisse der Todesnähe anvertraut hatten. Er wusste dann, worauf es im Leben ankommt. Titel sind es nicht.

Wir sind so statusbewusst wie Hühner hinter dem Stall, die ihre Hackordnung halten müssen. Wenn man nur einen Titel hat oder studiert hat, so denken wir, dann hat man es geschafft, ist intelligent und wertvoll. Unsinn. (Schauen wir unsere lieben Nachbarn in Österreich an, dann sehen wir, dass fast jeder einen Doktortitel kriegen kann, sogar sonderbare Politiker.)

Und so entdeckte ich an Harvard meine Definition von cool und die hat wenig mit Titeln, Kennedys oder Geld zu tun. Sie geht etwa so: Cool ist einer, der einen Grund hat, hochnäsig zu sein, und es nicht ist, weil er weiss, dass es keine besseren Menschen auf dieser Erde gibt. Nicht Blaublütige, Ärzte, Geistliche, CEOs, M.B.A.s oder Ph.D.s, nicht berühmte Entertainer oder Sportler. Sie mögen bessere Leistungen vollbringen, aber sie sind nicht bessere Menschen. Jeder hat Fehler, Limits und Unsicherheiten.

Also, ich verliess Harvard auch mit einem Titel. Reverend in Amerika, Pfarrer hier in der Schweiz. Und Raymond hat mich sehr beeindruckt. Nennen Sie mich Arthur.

Gebote rund um die Welt

Wie schon erwähnt in diesem Buch, finden wir Christen es schwierig, die Zehn Gebote einzuhalten. Und so fragte ich mich eines Tages, ob wohl eine andere Religion Gebote habe, die einfacher zu befolgen wären. Nicht dass ich mich zu einem anderen *ismus* oder *tum* bekehren will; wissen Sie, ich würde das Fa-la-la-la-la (englisches Weihnachtslied) im Dezember und die Osterschokolade im Frühling vermissen. Ich habe mich bloss gefragt, verstehen Sie. Vielleicht gibt es einen anderen *ismus* mit einfachen Geboten wie: Du sollst dich niemals schuldig fühlen, auch nicht, wenn du zu viel Schokolade isst. Oder: Ehre den Samstagabend mit wahnsinniger Dekadenz. Solche Gebote könnte ich problemlos gutheissen.

Und so begann meine Suche nach einem einfacheren Leben mit den zehn Geboten des Buddhismus, die ziemlich brav anfangen: Du sollst nicht töten. Du sollst nicht ehebrechen. Dann werden sie aber etwas schwieriger: Du sollst dich nicht betrinken. Du sollst massvoll essen. (Jetzt merkte ich, dass ich schon in Schwierigkeiten steckte.) Du sollst weder Parfum noch Schmuck tragen. Du sollst dir keine Tänze und Theaterstücke anschauen. Nummer zehn war: Du sollst kein Gold oder Silber annehmen. Aber Moment, dachte ich, das Gold an meinem Ringfinger erinnert mich daran, eines der oben erwähnten Gebote nicht zu verletzen.

So schaute ich weiter den Jainismus an, eine indische Religion mit etwa drei Millionen Bekennern. Dort fand ich die normalen Gebote über das Töten, Lügen und Stehlen und dazu über die Betrunkenheit (du sollst nicht, natürlich) und man solle nichts begehren. *Nichts?* Die Suche ging weiter.

Islam ist auch kein Honiglecken für Party-People. Die Religion Mohammeds betrachtet Alkohol als die «Mutter alles Bösen» (Ist das nicht Amerika?) und Betrunkenheit ist eine Sünde. Zu den Grundpflichten der wahren Gläubigen gehört unter anderem fünfmaliges Beten am Tag. (Finden die Terroristen überhaupt Zeit zu arbeiten mit einem so strengen Zeitplan?) Und dann etwas Seltsames: Ehebrechen ist verboten, aber einem Muslim wird erlaubt, vier Frauen zu heiraten, solange er für sie sorgen kann. Schon wieder eine Religion, die von Männern erfunden worden ist, dachte ich.

Dann gibt es den Zoroastrianismus, der nichts mit Zorro zu tun hat. Ich schaute mir sogar die Religion Animismus an, da meine Frau oft sagt: «Men are animals!» (Männer sind Tiere), und ich suchte weiter.

Was wir da haben, sind viele «Du sollst nicht!». Da habe ich mir mit schwerem Herzen eingestanden, dass viele von uns entweder in grossen Schwierigkeiten mit dem Big Boss stecken oder ein ziemlich langweiliges Leben führen. Ich habe auch realisiert, dass es in *allen* Religionen grundlegende Wahrheiten gibt. Wir sollten versuchen, das, was gut ist, in jedem Glauben zu erkennen und weniger Aufmerksamkeit auf die Unterschiede zu lenken. Wir müssen nicht alle dasselbe glauben, um miteinander ziemlich in Frieden zu leben. Und ich werde probieren, das Göttliche in jedermann zu finden.

Also werde ich bei den Zehn Geboten von Moses bleiben, auch wenn sie manchmal in die Hose gehen. (Sehen Sie Seite 32.) Dort gibt es nichts gegen Tanzen, Trinken oder Gold. Ausserdem mag ich die Weihnachtslieder so gerne und die Tatsache, dass Jesus uns etwas sagte, das uns keine andere Religion sagt: Wir sollen unsere Feinde lieben. Ich kann immer eine gute Herausforderung gebrauchen, die meinen Körper nicht in Gefahr bringt. Das ist etwas, das ich nicht soll.

Glück

Manchmal, wenn ich eine schwere Lebensfrage habe, wende ich mich nicht an indische Gurus, meine Harvard-Professoren oder einen Indianerhäuptling in Montana. Auch nicht an heilige Schriften wie die Bibel, den Koran oder den «Playboy». Stattdessen wende ich mich an eine andere Autorität: meine kleine Ami-Swiss-Tochter. Eines Tages kam sie so glücklich ins Pfarrzimmer gerannt, dass ich sie fragen musste: «Naomi, why are you so happy?»

Ich befürchtete, dass sie als amerikanisch-schweizerische Doppelbürgerin doppelt so viel Mühe haben könnte, glücklich zu sein. Als Schweizerin würde sie über vieles klagen: Wetter, Ausländer, Löhne. Würde sie nicht klagen, so würde sie sich Sorgen machen über Gesundheit, AHV, Europa. Als Amerikanerin würde sie sich keine Sorgen machen über Europa, weil sie nicht sicher wäre, wo das genau liegt. Sie würde vielleicht etwas weniger klagen, aber sie würde eine Art Glück suchen durch fragwürdige Sachen: einen Präsidenten, dessen grösste Fähigkeit ist, gut auszusehen in einem Cowboyhut, Hinrichtungen oder amerikanische Lebensmittel wie «Frühstückspizza».

Aber Gott sei Dank scheint meine Blue-Pass/Red-Pass-Tochter nicht allzu viele Eigenschaften beider Nationen zu haben, und ihre Antwort auf meine Frage, warum sie glücklich sei, war gleichzeitig einfach und tiefgründig. Sie steckte ihre Wurstfinger in die Tasche und zog ein paar Papierstücke heraus. Und sie sagte: «I am happy because I have these.» Es waren Coupons von einem Supermarkt, mit denen man ein Lebensmittel ein bisschen billiger kaufen kann. Für uns Erwachsene (fast) wertloses Papier. Für ein kleines Mädchen, das die Mommy/Daddy-Sorgen wie

Hypotheken und Steuererklärung nicht versteht, waren sie ein Schatz.

Und ich dachte an meine Kindheit in Boston und die Freude, die ich an Weihnachten hatte oder wenn die Schule wegen eines Schneesturms ausfiel, was jedes Jahr mehrmals passierte. Reine, unkomplizierte Freude. Doch das war die Kindheit. Die Dinge, die uns Erwachsenen Freude bringen, sind leider komplexer: Liebe kann vergehen, Geld bringt Probleme, Champagner macht Kopfweh.

Aber meine Tochter hat etwas Wichtiges gesagt. In unserer Hast nach der grossen Freude übersehen wir oft die einfachen Quellen von Glück. Dazu ist Glück nicht, was uns passiert, sondern es ist, wie wir wahrnehmen, was uns passiert. Man muss ein Positives finden für jedes Negative und ein Hindernis als Herausforderung sehen. Unsere Einstellung bestimmt, ob wir glücklich sind oder nicht. Glück ist nicht wünschen, was wir nicht haben, sondern das geniessen, was wir haben.

Also, es hat wieder funktioniert. Ein kleines Mädchen ohne schickes Abschlussdiplom sagte mir eines Tages die Wahrheit: Supermarkt-Coupons. Das ist Glück. Es kommt einfach darauf an, wie man es ansieht.

Goodbye, Robert

Es war am späten Abend, als das Telefon klingelte wegen eines fünfundzwanzigjährigen Mannes aus einer der besten Familien Bostons. Er hatte vor ein paar Monaten sein Jusstudium erfolgreich abgeschlossen. Ein gut aussehender, intelligenter Kerl, der eine brillante Karriere im Anwaltsbüro seines Vaters vor sich hatte. Jetzt nicht mehr.

Ich besuchte die Familie zu Hause. Ein wunderschönes Grundstück auf einem Hügel in Boston voll von Antiquitäten aus England und Kolonialamerika. Von dort aus sah man die schöne Stadt und das Meer. Sie erzählten mir von ihrem Sohn; wie stolz sie auf ihn waren. Und dann erzählten sie mir, dass er während seines Studiums eine junge Frau kennen gelernt habe. Nach einer kurzen Beziehung machte sie Schluss, und das war mehr, als er ertragen konnte. An einem Abend sprang er verzweifelt von der Tobin-Brücke in den Fluss.

Ich blieb eine lange Zeit bei der Familie und sie versuchten, alles zu verstehen. Auch mich beschäftigte die Frage nach dem Warum aufs Tiefste. Und ich fragte mich, was mein Lieblingsprofessor diesem jungen Mann gesagt hätte, wenn er die Chance dazu gehabt hätte. Er war Philosophieprofessor an der Harvard-Universität in Cambridge. Er war alles, was man von einem Professor erwartet: ein weiser, mitfühlender älterer Herr, der jeden Tag eine Fliege trug und eine Flasche Whisky in der untersten Schublade seines Pults an der Theologischen Fakultät der Harvard Divinity School vorrätig hatte, um jederzeit etwas Spezielles feiern zu können.

Und als ich mich wunderte, was er diesem jungen Mann wohl gesagt hätte, wurde es mir sofort klar. Ich erinnerte mich an einen Herbsttag, als ich mit dem Professor den bekannten Harvard Yard überquerte. Ich jammerte über irgendetwas in meinem Leben, das nicht stimmte, und plötzlich hielt er an, streckte seine Hand in seine Tasche und zog eine Blumenzwiebel heraus. Er fragte mich: «Weisst du, was das ist, Arthur? Eine Zwiebel mit einem Geheimnis. Aus dieser trockenen, alten Zwiebel wird eines Tages eine wundervolle Blume. Unsere Welt, unser Universum und auch unser Leben verändern sich ständig und unsere Launen auch. Rund um uns gibt es ständig Zeichen von Erneuerung und von neuem Leben. Die Sonne scheint wieder einmal, Arthur. Launen sind ein Teil von jedem von uns. Triff nie eine wichtige Entscheidung, wenn du schlechter Laune bist.»

Ich wünschte, ich hätte das dem jungen Mann sagen können. Aber als ich sein Grab und seine Familie verliess, war es zu spät. Ich ging langsam zu meinem Auto, schaute noch einmal auf die Stadt Boston und schaute nach oben, wo ich eine Wolke sah, die wie eine Blumenzwiebel aussah. Goodbye, Robert. I hope you have found peace in your world.

Gottesdienst: Bitte schmunzeln!

Gott hat offenbar einen Sinn für Humor. Wie sonst könnte man Folgendes erklären: Otto, Robin Williams oder die Tatsache, dass ich beim Einkaufen immer die langsamere Warteschlange aussuche (besonders dann, wenn ich es eilig habe).

Aber es wird wenig in der Kirche gelacht ausser bei mir. Zu jeder Predigt gehört, so finde ich, mindestens eine lustige Pointe. Aber ab und zu passieren die lustigsten Dinge ohne Planung. Fast jeder Pfarrer kennt Geschichten, die lustig sind, zum Beispiel ein Kind, das während des Weihnachtsspiels aufs WC muss, oder ein Baby, das bei der Taufe die Schuhe des Pfarrers voll kotzt.

Es war ein normaler Sonntag und ein normales Abendmahl. In einigen Gemeinden wird beim Abendmahl immer noch ein grosser Kelch gebraucht, jeder trinkt aus ihm und gibt ihn weiter. Heilig oder nicht, ich habe diesen Brauch immer ziemlich abscheulich gefunden. Stellen Sie sich vor, wie reif der Saft im sakramentalen Gral ist, nachdem er durch etwa einhundert Menschen versabbert worden ist. An diesem Sonntag bemerkte ich mitten im Abendmahl, wie die Menschen den Kelch nahmen, hineinschauten und grosse Augen machten. Einige nahmen überhaupt keinen Tropfen vom Kelch. Was in aller Welt war mit dem Becher los? Als der Abendmahlshelfer den Kelch zurückbrachte, wurde es mir klar. Mit Erstaunen sah ich, dass neben Brotkrümel, verbrauchtem Lippenstift und etwas, von dem ich nicht wusste, was es war, ein ganzes Gebiss im Kelch schwamm. Jemand hatte seine Zähne im heiligen Gral verloren und war zu verlegen gewesen, um hineinzugreifen und sie herauszunehmen. But the show must go on. Und so hob ich den Kelch auf und sagte: «Danke, Herr, für diese Gaben, die wir mit Freude bekommen haben!»

Niemand hatte den Mut, später beim Sigristen vorbeizuschauen, um zu fragen, ob etwas gefunden worden sei. So sitzt das marinierte Gebiss, so viel ich weiss, in einer Schublade der Kirche und wartet noch heute geduldig auf seinen Besitzer. Und es kommt mir in den Sinn, wie oft wir nicht den Mut haben, um etwas zu bitten, das wir brauchen.

Heiraten Sie sich selbst!

Der perfekte Partner, die perfekte Partnerin. Das suchen wir alle und ihn oder sie haben wir schon vor der Zeit gesucht, als der Schutzheilige Valentin, ein römischer Bischof, gelebt hat (er starb ungefähr im Jahre 270). Nach ihm haben wir den Valentinstag benannt. Ist das nicht interessant? Eine Person, die nie verheiratet war, hat den Tag der Romantik erfunden. (Oder wahrscheinlich genau deswegen.) Wenn man jung ist und single, ist der 14. Februar ein Tag von Küssen und Seufzen. Ist man dann ein paar Jahre verheiratet, ist der 14. Februar der Tag nach dem 13. Februar. Jedenfalls behaupten Forscher der Auburn University in Alabama, USA, sie hätten herausgefunden, was Männer von einer «idealen Frau» wollen. Sie macht Karriere, bleibt jedoch den ganzen Tag zu Hause; sie ist sexuell unerfahren, hat aber gerne Sex; sie hat eine schlanke Figur, sie ist sportlich, hat schöne Augen, dunkles Haar, makellose Haut und ein knackiges Hinterteil. Grosse Brüste sind gut, aber nicht so wichtig. Die Autorin dieser Studie fügt aber hinzu, dass es schwierig sei, diese Frau zu sein. Welch ein Wunder!

Es ist auch nicht einfach, wenn ich das so sagen darf, ein idealer Partner zu sein, besonders ein idealer Schweizer Partner: Er macht Karriere, hilft aber im Haushalt und bei der Kindererziehung mit; er ist Manns genug für den Militärdienst und gleichzeitig empfindlich; er ist in Sex ein Experte, aber hat nur etwa eine Frau gehabt; er hat sich unter Kontrolle, ist aber weich genug zu weinen, wenn es sein muss. Er kann mehrere Sprachen sprechen, aber am Ende des Tages scheint Kommunikation oft eine seiner letzten Fähigkeiten zu sein. Ehrlich gefragt – ob Mann oder Frau –, wer von uns kann das alles?

Aber so schlimm muss es nicht sein. Eine Frau aus Kanada meint, sie habe das Geheimnis einer glücklichen Ehe gefunden: An ihrem vierzigsten Geburtstag heiratete sie sich selbst. Sie sagte das Jawort in einen Spiegel. Die Zeremonie schloss einen Hochzeitskuchen, ein Hochzeitskleid, einen Chor und Blumen ein. Es ist eine wahre Geschichte. Danke, ich mag mich schon, aber so sehr doch nicht. Wie auch immer Sie einen Valentinstag verbringen, erinnern Sie sich daran: Eine Partnerschaft kann mit etwas Glück ein Leben lang dauern, aber es braucht die Fähigkeit, immer wieder unsere Erwartungen, wie unser Partner, unsere Partnerin sein und sich benehmen sollte, loszulassen und grössere Toleranz und grössere Akzeptanz zu finden. Oder wollen Sie sich selbst heiraten? Es gäbe sicher weniger Krach – und auch weniger Liebe.

Hexen auf beiden Seiten des Ozeans

Katharina Schmidlin starb sehr jung. Das Mädchen aus dem Entlebucher Dorf Romoos wurde kein Opfer einer Krankheit oder eines Unfalls, sondern wurde hingerichtet. Mit elf Jahren. Von der gleichen Hexenhysterie, die sich im 17. und 18. Jahrhundert in Europa verbreitete, wurde auch Amerika, die Neuenglandstaaten, heimgesucht. In meinem Geburtsort Salem, Massachusetts, wurden im Jahre 1692 zwanzig Menschen als Hexen verbrannt. Heute ist die kleine Stadt eine Touristenattraktion mit Hexenmuseen und anderen «Hexensehenswürdigkeiten». Und in Europa wurden nicht nur Erwachsene, sondern auch Kinder hingerichtet.

Eveline Hasler schreibt in ihrem Buch «Die Vogelmacherin» über Hexenkinder, zum Beispiel über die Katharina Schmidlin. Weil das Kind behauptet hatte, es könne aus Lehm geformte Vögel zum Leben erwecken, wurde es zum Tod verurteilt. Und so wurde ein Kind getötet, weil es das gemacht hatte, was ein Kind tun muss und soll – kindlich sein, seiner Phantasie freien Lauf lassen.

Gestern Abend, bevor ich ins Bett ging, schaute ich meine Töchter an. Sie atmeten tief und langsam und bemerkten nicht, dass ich ihre Stirn küsste. Ich dachte, wie glücklich sie sich schätzen können, aufgehoben zu sein in ihren Betten und in einer Gesellschaft, die sich (manchmal sehr langsam) weiterentwickelt und ihre Lehren zieht. Ich dankte Gott für die Weisheit, die wir in den letzten dreihundert Jahren gefunden haben, aber ich musste für noch mehr Weisheit bitten. Vor dreihundert Jahren schien es offenbar nicht genug verrückt oder gemein zu sein, Kinder zum Tod zu verurteilen. Was machen wir heute, das unsere Nachfahren für gemein und unverständlich halten werden? Werden Sie es unzivilisiert finden, dass wir unsere älteren Menschen in Altersheime abgeschoben haben? Wird die Todesstrafe endgültig in der ganzen Welt abgeschafft sein? Wird es in dreihundert Jahren endlich selbstverständlich sein, dass homosexuelle Menschen die gleichen Rechte wie andere haben? Im Bett frage ich mich, und ich schlafe nicht. Und ich denke wieder an das Kind aus Romoos, das zu jung gestorben ist.

Hide and Seek

«Daddy, will you play hide 'n' seek with me?» (Daddy, spielst du mit mir Verstecken?) Ja, sicher. Genau das brauchte ich. An einem verregneten Dienstagnachmittag lag ein Haufen von Papierarbeit auf meinem Pult, allerlei wichtige Mami- und Daddy-Sachen. Ihre Frage ärgerte mich stark. Offensichtlich hatte sie keine Ahnung, was Eltern tun müssen, um die Familie zu ernähren. Ich wollte herausplatzen mit: «Versteckspiel? Siehst du die Arbeit auf diesem Pult? Meinst du, wir können in diesem schönen Haus wohnen, weil Daddy Verstecken spielt?» Ich hätte das fast gesagt, aber zuerst holte ich tief Atem, blickte aus dem Fenster und dann zurück zu meiner Tochter. Ihre Augen waren so blau und so gross, sie hatte das Gesicht eines Porzellanengels, und eine mysteriöse Stimme sagte mir: «Spiel, Arthur.» Ich konnte die Stimme nicht ignorieren.

Und so spielten wir, und ich dachte daran, wie alt das Spiel ist. Auf Englisch verrät der Name sein Alter: Hide 'n' Seek. Das Wort «seek» braucht man heute in der normalen Konversation nicht mehr, Shakespeare dafür viel mehr. Das Spiel wurde vor Fernsehen, Computergames oder leichter Ehescheidung erfunden, zu einer Zeit, als Eltern mehr Zeit für ihre Kinder hatten. Ich dachte auch daran, dass das Spiel von etwas handelt, das viel mehr ist als Verstecken und Finden; es geht um menschliche Wechselwirkung; Lachen, Aufregung, Spannung, mit anderen Worten: Beziehungen. Wofür wir alle hier sind. Es gibt keine wichtigere (oder schwierigere!) Arbeit auf dieser Erde. Inklusive Büroarbeit.

Während wir uns mit dieser wichtigen Arbeit beschäftigten, dachte ich an einen jungen Mann aus Zürich, der Verstecken gespielt hatte. Er war drogensüchtig und durch eine

Spritze mit AIDS infiziert worden. Als sein Vater hörte, dass er drogensüchtig war und AIDS bekommen hatte, sagte er, er habe keinen Sohn mehr. Als der junge Mann in einem Zürcher Spital lag, dem Tod nahe, mit 29 Jahren, sagte er der Krankenschwester und der Empfangsdame, falls sein Vater käme, solle ihm nicht erlaubt werden, ins Zimmer zu kommen. Es gebe keine Versöhnung, keine Vergebungstränen, kein «Es tut mir Leid». Er versteckte sich. Und dann starb er. Er hatte seinem Vater eine Strafe auferlegt, die weiterlebte, lange nachdem er unsere Welt verlassen hatte. Ich schaute meine Tochter an und versprach still, was auch immer sie mache, was auch immer für blöde Fehler sie begehe (hoffentlich weniger, als ich gemacht habe), sie bleibe für immer meine Tochter und es werde immer Platz geben für Vergebung. Echtes Versteckspiel werde nicht nötig sein.

Nach ein paar Minuten hatte ich beim Spielen aufrichtig Spass. Wir lachten hysterisch, an einem Dienstagnachmittag im November, als die Welt arbeitete. Es war köstlich unverantwortlich. Das Telefon klingelte. Ein Kollege: «Was machst du gerade, Arthur?» Bevor ich klar denken konnte, platzte ich heraus: «Ich spiele Verstecken mit meiner Tochter.» Schweigen und noch mehr Schweigen. Er dachte wahrscheinlich, ich hätte den Verstand verloren, in Wahrheit aber hatte ich ihn gefunden.

«Ja, ich will nochmals»

Schweizerdeutsch ist eine wundervolle Sprache. Ich meine nicht den Ton; es tönt etwa, wie wenn einem ein Golfball im Hals stecken bleibt und man versucht, ihn zu lösen, während man spricht. Meine Familie spricht Schweizerdeutsch und Englisch, und man sagt auf Englisch, wenn man eine zweite Sprache spreche, bekomme man eine zweite Seele. Ich hoffe, dass das wahr ist, weil ich immer eine zweite Chance gebrauchen könnte, es in den Himmel zu schaffen. Ich finde Schweizerdeutsch wunderbar, weil es ausserhalb der Schweiz von so wenigen Menschen verstanden wird, dass man auf der gefährlichsten Strasse von Chicago mit lauter Stimme sagen kann: «Hey, hast du den Fettsack gesehen?» Andererseits kann ich hören, wie mein sechsjähriges Kind «Hau ab» in zwei Sprachen sagt.

Ich erzähle manchmal meinen Freunden in Amerika über die Stadt Biel/Bienne und dass es nicht aussergewöhnlich ist, dass bei einem Gespräch der eine Deutsch spricht und der andere auf Französisch antwortet oder umgekehrt. Ich erkläre auch, wie mein Schwiegervater von Twann am Bielersee sagen konnte, wenn jemand von der anderen Seite des Sees kam, weil er oder sie gewisse Wörter anders aussprach. So etwas wäre natürlich in Amerika gar nicht denkbar. Obwohl es in der Schweiz schon genug Sprachen und Dialekte gibt, wollen Schweizer noch mehr. Schüler und Schülerinnen müssen immer mehr Englisch lernen, und Schulen und Sprachlehrmittel sind überall zu finden. Wenn Sie, liebe Leserin, lieber Leser, wirklich ernsthaft Englisch oder eine andere Sprache lernen möchten, dann machen Sie es, wie ich es gemacht habe: Heiraten Sie jemanden aus einer anderen Kultur, ziehen Sie dorthin, haben Sie Kinder, und wenn sie wachsen, dann werden Sie auch die Sprache lernen. Vorteil dieser Methode: Sie sind jetzt verheiratet mit Kindern. Nachteil dieser Methode: Sie sind jetzt verheiratet mit Kindern.

Moderne Wissenschaft kann uns heute vieles sagen über Sprachen. Zum Beispiel, dass systematische Kommunikation durch mündliche Symbole eine universale Charakteristik der menschlichen Spezies ist und dass man nichts über ihren Ursprung weiss. Aber ich wette darauf, dass die erste Äusserung menschlicher Kommunikation die eines Vaters war, der seinem Nachkommen sagte, er solle seine Höhle aufräumen (und das wurde sicher auch damals ignoriert). Die Wissenschaftler sagen uns auch, dass alle Menschen die genetische Fähigkeit haben, Sprachen zu lernen und zu gebrauchen (ausser Teenager vor acht Uhr morgens). Dazu, sagen uns die Experten, gibt es heute zwischen 3000 und 4000 Sprachgemeinschaften in der Welt, mit Sprachen von Millionen von Sprechenden bis zu einigen mit nur einem Dutzend oder sogar weniger. (Das schliesst aber nicht die Sprache ein, die mein Automechaniker braucht, wenn er mir die Rechnung erklärt.) Die Aneignung einer Fremdsprache wird von Menschen studiert, die angewandte Sprachwissenschaftler heissen. Das sind Menschen, die angeblich sehr intelligent sind. Warum diskutieren sie dann den ganzen Tag über Sprachen, als ob das wirklich so wichtig wäre wie die Fussball-WM? Sie sagen uns, dass Erwachsene, die eine Sprache lernen, die gleichen Phasen durchmachen wie Kinder, die ihre Muttersprache lernen. Das erklärt, warum Erwachsene, die mit einem erfolgreich abgeschlossenen Deutschkurs in die Schweiz kommen, ihre Hose nässen, wenn sie hören, was man hier für ein Deutsch spricht.

Als Pfarrer traute ich einmal ein Ehepaar, das zusammen fünf Sprachen fliessend sprach. Sie heirateten auf einem Berg im Jura und sagten das Jawort in zwei ihrer Sprachen, mit dem Versprechen, es würde für immer andauern. Es war alles sehr rührend, dauerte aber nicht lange. Nach nur zwei Jahren trennten sie sich mit der Begründung, sie hätten Kommunikationsschwierigkeiten. Stellen Sie sich das vor: Fünf verschiedene Wege «I'm sorry» zu sagen und sie konnten es nicht. Wie blöd. Wie menschlich. Und das ist noch ein Vorteil von einer zweiten Sprache: Noch eine Möglichkeit, jemandem «je regrette» zu sagen. Das hat mich aber nicht das polyglotte junge Ehepaar auf dem Berg gelehrt, sondern ein älteres Ehepaar, das zu mir kam, um nochmals sein Eheversprechen zu bestätigen und seine gemeinsamen Jahre zu feiern – alle fünfundfünfzig. Sie konnten nur eine Sprache reden, aber sie bewerkstelligten es bestens, miteinander zu kommunizieren. Als wir die Zeremonie diskutierten, fragte ich die beiden Achtziger, wie sie das gemacht hätten, so lange zusammenzubleiben, besonders heute, da es fast immer etwas anderes ist als der Tod, was uns scheidet. Mit einem Augenfunkeln kam er näher zu mir und sagte: «Lachen, es nicht erlauben, dass sich Langeweile in die Beziehung einschleicht, ein gutes Sexleben führen und nie vergessen, es tut mir Leid zu sagen.» Seine Frau wurde rot und nickte dann. Und so humpelte das Ehepaar an einem warmen Sommertag in die Kirche und stand vor mir, als Freunde und Verwandte zuschauten. Diese Zeremonie war bemerkenswert anders als die des jungen Ehepaares auf dem Berg. Es gab keine Stretchlimousinen oder tausendfränkige Outfits, nur das Familienauto und Vaters besten Anzug. Keine mehrsprachigen Gelöbnisse, nur ein schnelles «Ja, ich will nochmals» direkt aus dem Herzen. Sie kamen zu mir, weil ich den Ruf als «lustiger Pfarrer» habe, und Humor, so glaubten sie, sei eine wichtige Zutat für eine erfolgreiche Beziehung. So machte ich ein paar witzige *one liners*, bevor sie das Jawort sagten. Ich gratulierte ihnen zu ihren fünfundfünfzig Jahren und machte sie auf die Notausgänge aufmerksam für den Fall, dass sie nicht sicher waren, ob sie weiterfahren wollten mit der Zeremonie. Keiner von beiden benützte die Notausgänge (obwohl der Mann doch hinschaute).

Beim Nachhausefahren am Nachmittag dachte ich über die Ehe nach; nicht, wie man sie immer herrlich und glücklich bewahrt, denn das funktioniert niemals ausser in den Liedern von Boy Groups, die sowieso viel zu jung sind, um zu wissen, wovon sie überhaupt singen, sondern, wie man sie relativ glücklich und anwaltsfrei erhält. Von dem, was mir das Ehepaar gesagt hatte, blieb etwas in meinem Kopf, als ich durch Biel/Bienne fuhr: Es tut mir Leid. Je regrette. I'm sorry. In jeder Sprache und in jeder Beziehung: Wäre die Welt nicht ein etwas besserer Ort, wenn wir es alle einfacher fänden, diese Worte zu sagen und sie würdevoll zu akzeptieren?

Kinder sind auch nicht nur ein Zuckerschlecken

Nachdem meine Kolumne über die Ehe ein ziemlich grosses Echo gefunden hat (inklusive Briefen von ein paar Scheidungsanwälten, die meiner Frau ihre Dienste zu günstigen Konditionen anboten), habe ich mich entschieden, Kinder unter die Lupe zu nehmen. Ich mache das natürlich im Interesse des Geisteszustandes unseres Landes (und weil Kinder sich keine Anwälte leisten können). Kinder sind auch nicht nur ein Zuckerschlecken, und übrigens sind Pfarrkinder keine Engel. Manchmal liebe ich meine Kids über alles, manchmal schaue ich mit glasigen Augen Prospekte von Internaten in Sibirien an. Also, ein paar typische Probleme, die Kinder machen:

Ihre Zimmer: sind allgemein zu meiden. Dort kann man schleimige Krankheiten bekommen, und der Blutdruck schnellt in die Höhe.

Musik von Teenagern: kann man nicht verstehen, egal, wie lang man in England oder Kalifornien Englisch gelernt hat. Und wenn man endlich tatsächlich etwas versteht, bedauert man, dass man es verstanden hat.

Wochengeld: Kinder verlangen immer mehr Finanzmittel. Ich suche im Moment einen Job für sie an der Expo 02. Sie würden sich dort zu Hause fühlen.

Strafe: Hat ein Kind etwas Böses angestellt, sollte man es strafen. In der guten alten Zeit wurde das Kind in sein Zimmer geschickt. Heutzutage hat ein Kind einen Fernseher, eine Stereoanlage und einen Computer im Zimmer. Deshalb schicken Sie das Kind in *Ihr* Zimmer. Das ist Strafe.

Hören: Sobald man glaubt, Kinder hätten Schwierigkeiten mit dem Hören, weil sie Sätze wie «Gehe ins Bett» oder «Putze die Zähne» nicht hören, merkt man, dass sie ihr Lieblingslied durch den Lärm eines Shopping-Centers an Weihnachten oder durch das Knattern eines Presslufthammers in Vollgas heraushören können.

Transport: Kinder haben viel mehr Transportmittel zur Verfügung, als wir sie hatten: Velo, Töffli, Trottinett, Kickboard, Mountainbike, Rollerblades. Dennoch müssen Sie sie viel mit dem Auto herumfahren.

Ja, es ist ein harter Job, Eltern zu sein. Was soll man machen? In einer Nacht, in der die Kinder vor Ihnen ins Bett gehen (Sie werden wahrscheinlich lange warten müssen), schleichen Sie in ihr Zimmer und schauen, wie sie schlafen. Dann passiert etwas Übernatürliches: Für eine Minute werden sie fast wie Engel aussehen. Und in diesem transzendenten Moment werden Ihre Wut und Enttäuschung über Ihre Kinder verschwinden, und Sie werden die Kraft finden, als Eltern weiterzugehen. Das ist ein Prozess der Natur, der die Wunde am Körper und im Herzen heilt und uns immer wieder eine Chance gibt, uns miteinander zu versöhnen und einander noch einen Tag zu lieben (und zu foltern). Jetzt hauen Sie schnell ab, bevor sie eine schleimige Krankheit bekommen.

Leben Sie!

Schneewittchen hatte Unrecht. Das sagte ich etwa hundert Leuten an einem schönen Sommertag im Zürcher Weinland. Dort fand in einer romantischen Kapelle eine Traumhochzeit statt, für die das Ehepaar sehr viel Geld ausgegeben hatte und die ich nie vergessen werde.

Ich schaute zu, als elf mit Rosen geschmückte Pferdekutschen die wunderschön gekleideten Gäste zur Kirche brachten. In der Kapelle spielte ein Quartett klassische Musik. Die Kirche war atemberaubend geschmückt mit etwa hundert roten Rosen. Es war einfach alles perfekt. Aber niemand konnte wissen, was nur kurze Zeit darauf passieren würde.

Der Pfarrer war, wie gewohnt, nur ein bisschen frech. Ich sprach über Liebe und Ehe und sagte, meine Frau und ich hätten in fünfzehn Jahren Ehe keinen einzigen Streit gehabt – aber manchmal höre man meine Frau noch zwei Strassen weiter, wie sie mir etwas erkläre. Und ich sagte, Schneewittchen habe Unrecht. Es denke, wenn nur der Prinz auf seinem weissen Pferd komme, werde er es in sein Schloss mitnehmen, und alles werde gut. Er werde alle seine Wünsche erfüllen. Sorry, sagte ich, so geht das nur bei Walt Disney. Echte Liebe geht nicht so, und eine einzige Person kann nie alle unsere Wünsche erfüllen. Aber diejenigen, die es fertig bringen, verliebt und verheiratet zu bleiben, sind diejenigen, die hart daran arbeiten. Sie haben den Mut, zu lieben und geliebt zu werden, und sie haben die Kraft zu vergeben. Zusammen lachten wir an diesem Sommertag, zündeten eine Ehekerze an dem Taufstein an und nach der Zeremonie tranken wir guten Wein im Sonnenschein neben der Kirche. Die Eheleute verteilten Pins und Ballons mit ihren Namen darauf und liessen weisse Tauben in den blauen Himmel fliegen. Es war einfach wunderschön. Nach dem Fest flogen die beiden in die USA in die Flitterwochen.

Aber während der Flitterwochen fühlte sich die Braut nicht wohl. Ein Arzt versicherte ihr, alles sei in Ordnung. Aber nach der Rückkehr in die Schweiz war die Prognose ganz anders: Ein Arzt sagte ihr, sie sei ernsthaft krank und das erfordere sofort eine Operation und Bestrahlung. Und so besuchte ich sie in einer Privatklinik. In einem schönen Einzelzimmer mit Ausblick über die Stadt tranken wir zusammen Kaffee und sprachen über Kalifornien, Könige und Krebs. Als ich mich zum Gehen wandte, nahm sie meinen Arm und sagte mit leiser Stimme: «Wissen Sie, Herr Pfarrer, ich habe das gemacht, was Sie an meiner Hochzeit gesagt haben: Ich habe geliebt und bin geliebt worden, ich habe vergeben und mir ist vergeben worden, und dazu habe ich viele Dinge, von denen ich geträumt habe, erreichen können. Wenn ich sterben muss, dann weiss ich: Ich habe gelebt.» Ich wünschte, ich hätte einen Rollkragenpullover getragen, um den Kloss in meinem Hals zu verstecken.

Die Trauerfeier war ein paar Monate später, ein Jahr nach der Traumhochzeit. Wir trafen uns alle wieder, aber die Kutschen waren durch dunkle Limousinen ersetzt worden, die kleine Kapelle war eine Abdankungshalle, die Hochzeitskleider waren jetzt dunkel. Immerhin, es gab rote Rosen und sogar, wie üblich bei mir an einer Abdankung, ein Schmunzeln. Ich erzählte, wie die erste Motorradstunde der Verstorbenen mit ihrem Mann auch ihre letzte gewesen war, weil sie schnell ins Garagentor fuhr. Zusammen lachten und weinten wir, diesmal leise. Wir sagten einander und ihr auf Wiedersehen.

An diesem Tag erneuerte ich mein Versprechen, mein Leben zu leben, nicht morgen oder nächstes Jahr, sondern jetzt. Und dann beschloss ich, dass die Welt warten müsse. Ich schaltete den Telefonbeantworter ein und ging mit meinen Töchtern hinter das Pfarrhaus, wo wir einen steilen Hügel hinunterrollten, uns die Kleider hoffnungslos schmutzig machten und unten als ein lachender Haufen ankamen. Und als ich an die Braut dachte, die jetzt nur noch eine Erinnerung war für diejenigen, die sie geliebt hatten, nahm ich meine Töchter in die Arme, sagte ihnen, wie viel sie mir bedeuten, und küsste sie auf ihre Backen und Stirnen. Und ich sagte mir, das ist der Moment. Lieben. Geliebt werden. Leben.

Männer!

«Weisst du, was heute für ein Tag ist?» Wenn man diesen Satz vom Ehe- oder Lebenspartner hört, dann sollte man sich abstützen: Es bedeutet vielleicht, dass man eines der wichtigen romantischen Daten vergessen hat (etwa einen Hochzeitstag), und man wird möglicherweise wörtlich bodychecked wie ein kanadischer Hockeyspieler.

Wir Männer haben natürlich eine Ausrede. Wir haben Mühe, uns an Daten und Einzelheiten zu erinnern, wenn es nicht etwas sehr Lebenswichtiges ist, wie zum Beispiel wie viele Kilometer unser letztes Auto hatte, als wir es umtauschten, oder wer 1982 die Fussball-WM gewann.

In meiner Ehe ist es erforderlich, mich an den Geburtstag meiner Frau, an den Muttertag, Valentinstag, unseren Hochzeitstag, unseren Verlobungstag, den Tag, als wir uns zum ersten Mal gesehen, und den Tag, an dem wir uns zum ersten Mal geküsst haben (an einem Donnerstag mit Vollmond), zu erinnern. Ziemlich viel für einen Mann, der normalerweise nur sagen kann, in welcher Jahreszeit seine Mutter geboren wurde.

Wenn Sie erwischt werden, probieren Sie es mit Schmeicheleien. Sagen wir, Sie haben den Geburtstag Ihrer Frau vergessen. Das ist schlimm. Probieren Sie so etwas: «Aber Schatz, wie kann ich mich an deinen Geburtstag erinnern, wenn du gar nicht älter aussiehst?» Das hilft immer.

Wissen Sie, das durchschnittliche menschliche Gehirn wiegt nur zwischen 1245 und 1375 Gramm. Und weil das Hirn viel älter ist als ein Computerchip, hat es viel weniger Platz, um Informationen aufzubewahren. Wenn wirklich wichtige Dinge gespeichert werden, werden andere manchmal wegen Platzmangel gelöscht. Das plagt anscheinend besonders Männer. Typischer Fall: Vor ein paar Tagen vergass ich meine Handynummer, als ein Freund mir die Masse von Pamela Anderson nannte.

Wissenschaftler sagen uns, Hirngrösse und -gewicht stünden in keiner Beziehung zur Intelligenz. Ein Elefantenhirn wiegt mehr als viermal so viel wie ein menschliches, und ein Walhirn ist siebenmal schwerer, aber wir Menschen sind bei weitem intelligenter. Darum lassen wir Bomben auf unsere Spezies fallen und ruinieren die Umwelt.

Ich hoffe, unsere Ehefrauen, Freundinnen und Liebhaberinnen wissen, dass, obwohl wir lausig sind, uns an Daten zu erinnern, wir nicht vergessen, wie hoffnungslos verloren wir wären ohne die Frauen hinter den Daten. Ohne meine Frau zum Beispiel würde ich immer noch denken, dass Oil of Olaz ein Brennstoff aus dem Nahen Osten sei, und ich würde immer noch glauben, Pommes Chips seien ein ordentliches Frühstück für Kinder. Und ich würde nie wissen, was reife Liebe ist: Wenn man die Fehler und Schwächen der anderen Person kennt und sie immer noch liebt. Wenn man die Person gefunden hat, mit der man zusammen eine Beziehung aufbauen will, in welcher man Geborgenheit, Liebe, Lachen und Erfüllung findet. Wonach wir alle streben. Sicher, der Tag, an dem ich meiner Frau begegnet bin, war der glücklichste, wichtigste Tag meines Lebens. Und ich bin ziemlich sicher, es war ein Tag im Frühling. Oder Sommer.

Meine Weihnachtswunschliste

Ich habe meine Weihnachtswunschliste schon gemacht für die netten Leser und Leserinnen, die einen am Hungertuch nagenden Autor unterstützen wollen. Und dazu habe ich noch einen Tipp, wie man Glück findet. Übrigens tönt der Spruch «Geben ist seliger als nehmen» cool und spirituell, aber er stimmt nicht ganz. Es ist selig zu geben *und* zu nehmen. Aber der coole Typ, der uns diesen Spruch gegeben hat, hatte keine Kinder, die ihm ihre handgemachten Schätze zum Geburtstag, Vatertag oder zu Weihnachten schenkten. Das sind die guten Sachen im Leben, zum Beispiel eine Karte, auf der eine kleine Hand nachgezeichnet ist, mit den Worten «Daddy I lav yu», die ich einmal geschenkt bekommen habe. Bewahren Sie solche Geschenke an Orten auf, wo Sie sie sehen können. Sie machen das Herz schmalzig und das ist gut für das kardiovaskulare System. (Meines kann jede Hilfe brauchen.)

Also, für die netten Leser und Leserinnen: Was ich mir zu Weihnachten wünsche. Zuerst was ich mir nicht wünsche: Krawatten. Ich habe Krawatten. Auch keine Unterhosen oder Socken. Und bitte keine Werkzeuge. Trotz der noblen Versuche meines Vaters sind Werkzeuge und ich nie gut miteinander ausgekommen. Was ich mir wirklich zu Weihnachten wünsche (falls ein roter Ferrari, alles in Leder, zu kostspielig ist):

Ich möchte noch einmal in den Fünfziger- oder Sechzigerjahren während eines Schneesturms durch die kleine Stadt meiner Kindheit in Massachusetts spazieren.

Ich möchte in den starken, jungen Armen meiner Eltern gehalten werden und hören: Alles wird wieder gut sein. (Und ich möchte es glauben.)

Ich möchte glauben, dass diejenigen, die ich liebe, immer bei mir sein werden.

Und ich möchte mit den Augen eines Kindes den Weihnachtsbaum zum allerersten Mal sehen.

Ja, ich weiss, ich kriege diese Sachen nicht. Aus irgendeinem Grund, den wir nicht verstehen, werden wir blitzschnell erwachsen, bevor wir die Kindheit wirklich schätzen können, und werden in die andere Welt geworfen, in die Welt der Versicherungen und Winterreifen. Wie wird man trotzdem glücklich? Eine einfache Antwort habe ich.

Ich fliege jeden November nach Boston zurück, um mit meinen Eltern einen amerikanischen Feiertag zu verbringen: Thanksgiving. Hier ist einer der einfachsten Schlüssel zum Glück: Dankbarkeit. Thanksgiving. Machen Sie eine Liste von den Sachen in Ihrem Leben, für die Sie dankbar sind, dann werden Sie automatisch etwas glücklicher.

Aber ich hoffe, meine Lieben werden an Weihnachten die anderen handgemachten Schätze nicht vergessen. Es gibt immer noch Platz auf meinem Pult und in meinem Herzen. Und Sie, liebe Leser und Leserinnen? Weihnachtsgeschenke werden schon jetzt in Niederglatt empfangen. (Briefe von Fundamentalisten nicht.) Bitte keine Unterhose.

Niemand hatte sie gern

Niemand hatte sie gern. Wörter wie «Huhn», «Kuh» oder sogar «Hexe» wurden gebraucht, um sie zu beschreiben. Und ich stand an ihrer Wohnungstür. Wenn niemand sie mag, dann muss ich herausfinden, warum. Sie muss einzigartig sein, dachte ich. Cool. Ich habe genug von Bünzlis. Vielleicht könnte sie mich etwas lehren. Also einzigartig war sie. Und gelehrt hat sie mich auch etwas: Wie man einen Schuss Kirsch hinunterschwemmen kann und wie man Kaffee so stark macht, dass man schwören könnte, man hätte Speed geschluckt mit dem Kaffee.

Sie hatte schon drei Ehemänner aufgebraucht, mit zweiundachtzig kein Wunder. Sie konnte den engagiertesten Freiwilligen bei der Dargebotenen Hand zu Bewusstlosigkeit schwatzen. Sie konnte fluchen wie ein betrunkener französischer Matrose. Und sie tendierte dazu, nicht ganz wie eine Queen zu riechen. Aber sie war einzigartig und sie hatte den Mut, sie selbst zu sein. Ich ging ab und zu bei ihr vorbei, ohne Voranmeldung, und sie liebte es. Ihre Wohnung war ein dunkles Durcheinander voll mit staubigen Antiquitäten und alten Zeitungen. Sie mochte es, wenn ich vorbeikam.

Sie zog mein Gesicht an ihres, das rau und voller Falten war durch all die Jahre voller Sorgen und Abnutzung und ein paar stoppelige Haare hatte, und sie küsste mich dreimal, links und rechts. Dann nahm sie ihren starken türkischen Kaffee heraus und Schokoladegüezli und ergötzte mich mit Geschichten von verlorenen Ehemännern, Reisen zu exotischen Orten und ihren verschiedenen Krankheiten. Sie sprach so schnell und so viel, in einer Sprache mit Flüchen aus drei verschiedenen Sprachen, dass ich sie unterbrechen musste, um mehr Zucker zu verlangen.

Eines Tages rief sie mich herbei. Sie fühlte sich nicht wohl, schon eine Weile. Diesmal schien es ernsthaft zu sein, und wir beide wussten es. Als ich neben ihrem Bett stand, ergriff sie meinen Arm und zog mich in ihre Nähe.

«Ich muss etwas beichten», sagte sie mit leiser Stimme, als ob ich ein katholischer Priester wäre und nicht ein reformierter Pfarrer.

«Manchmal habe ich etwas Zweifel über Gott und dieses Zeug. Ist das schlimm?»

«Nein», sagte ich sofort, «die Besten von uns, wenn wir wirklich ehrlich sind, haben auch Zweifel. In der Tat ist das gut. Es zeigt, dass du dich damit beschäftigst.»

«Also gut.» Sie war schnell zufrieden mit der Antwort. «Dann noch etwas: Es gibt einen Briefumschlag auf der Kommode. Nimm ihn, er ist für dich.»

Es war viel später, als ich mich an den Briefumschlag erinnerte. Er lag ein paar Wochen in der Tasche der Jacke. Eines Tages, nach ihrer Beerdigung, nahm ich den Umschlag heraus. Es war eine Karte mit einem Bild eines Sonnenuntergangs. Darauf hatte sie geschrieben:

«Für Arthur. Du kamst, wenn niemand anders kam. Du hörtest die Geschichten einer alten Dame an, ohne zu urteilen. Danke. Denk ab und zu an mich. Ruth.»

Heute Abend werde ich einen Kirsch trinken, an sie denken und über das Hören ohne Urteil nachdenken. Ist es nicht das, was wir alle brauchen? Nicht unbedingt jemanden, der sofort alle unsere Probleme lösen kann, einfach jemanden, der zuhört, ohne zu urteilen. Darum sind Haustiere so beliebt. Sie hören zu. Sie urteilen nicht. Sie zwingen uns keine Meinungen auf. Also, cheers, Ruth. Niemand hatte dich gern. Ich dafür sehr.

Pikante Geheimnisse

Meinen Sie, Sie hätten ein paar schäbige Sachen in Ihrem Leben gemacht? Fühlen Sie sich etwas schuldig? So möchte ich Sie etwas aufmuntern. Was auch immer Sie getan haben, es kann nicht viel schlimmer sein, als was ein paar Menschen gemacht haben, denen ich als Pfarrer begegnet bin.

Ich hoffe, Sie schätzen, was Sie gerade lesen werden, liebe Leser und Leserinnen, denn Pfarrer stehen unter Amtsgeheimnis. Seelsorger können sogar im Gefängnis landen, wenn sie pikante Geheimnisse weitererzählen. Aber Sie haben das Glück, dass ich Amerikaner bin aus einer grossen Pfarrfamilie. Vater, Onkel, Grossvater und Urgrossvater sind oder waren alle Pfarrer und sammelten mit den Jahren ein paar unglaubliche Brocken. Ich erinnere mich, dass Vater, Onkel und Grossvater zusammensassen und Geschichten austauschten, oft in Begleitung von etwas sakramentalem Cognac. Nun, da ich ein gutes Buch schreiben will, und auf die Gefahr hin, mich mit Gefängnisessen vertraut zu machen, erzähle ich Ihnen von ein paar Menschen. Danach werden Ihnen Ihre Sünden kleiner erscheinen.

Es gab zum Beispiel Debbie, die eines Tages früh nach Hause kam und ihren Mann im Bett fand mit ihrer Mutter. (Komisch: Ehemänner mögen oft ihre Schwiegermütter nicht allzu gerne.) Es gab Steve, der mit einer anderen Frau im Bett spasste, als seine Frau im Spital war und ihr gemeinsames Kind zur Welt brachte. Und es gab noch Carol, die ihren Mann im Bett fand mit dem Pizzakurier (und die beiden assen nicht Pizza). Das sind wahre Geschichten, nur die Namen habe ich geändert. Wie Sie sehen, wenn es um zweifelhafte Geheimnisse geht, sind sie normalerweise von der horizontalen Sorte. Aber es gab auch einen Sigristen, der die Sonntagskollekte stahl, und eine Sonntagsschullehrerin, die Geld aus der Kasse nahm.

Als Kind in Amerika musste ich die Zehn Gebote auswendig lernen, sogar in der alten englischen Sprache, zum Beispiel *Thou shalt not kill* (Du sollst nicht töten) oder *Honour thy father and thy mother* (Ehre deinen Vater und deine Mutter). Manchmal scheint es heute so, dass das Einzige, was von den Zehn Geboten geblieben ist, die alte Sprachform ist, denn unsere Moral rutscht schnell abwärts.

Und dann fand ich eines Tages im Kirchgemeindesaal unter der Bühne ein altes, staubiges Buch aus den Fünfzigerjahren: *Das goldene Buch des Anstandes.* Hier stand zum Beispiel unter «Gutes Benehmen im Restaurant»: «Trifft man Bekannte beim Essen an, so grüsst man höflich und setzt seinen Weg fort, ohne ein Gespräch anzuknüpfen.» Oder: «Die Dame teilt ihre Wünsche ihrem Begleiter mit, nie direkt dem Ober.» Es gibt auch einen Teil, der «Die perfekte Sekretärin» heisst, wo man den richtigen Weg lernt, wie man dem Chef ein Stück Papier zum Unterschreiben gibt. Ja, wie unsere Manieren sich ändern.

Und dann denke ich an zwei Konfirmanden, die ich in der letzten Zeit hatte. Sie opfern jeden Samstagmorgen etwa zwei Stunden im Altersheim, weil «es ihnen ein gutes Gefühl gibt», wie sie sagen. Also, auch wenn unsere Kinder die Zehn Gebote nicht mehr so richtig aufsagen können, ist unsere Moral deshalb nicht unbedingt schlecht. Ausser bei ein paar Menschen, die ich gekannt habe. Fühlen Sie sich jetzt etwas besser?

Probepredigt in der Hölle

An einem heissen Sommersonntag trat ich in die Alte Kirche von Zürich-Altstetten und sah direkt ins Auge einer grossen Herausforderung. Ein paar Wochen zuvor hatte eine Lokalzeitung das ganze Titelblatt mit einem Foto von mir und den Worten «Der neue Pfarrer kommt aus Amerika!» geschmückt und berichtet, dass ich «mit Deutsch auf Kriegsfuss» stehe und «eine kurlige Mischung von Hochdeutsch, Englisch und Berntüütsch» (das ich von meiner Frau, die aus Twann am Bielersee stammt, gelernt habe) spreche. Ich ging an ein paar alten Damen vorbei und hörte: «Lueg emol de Talar aa, chunnt dä vo de Heilsarmee?» Sie meinten den akademischen Talar von Harvard mit den roten Symbolen.

Ich wusste, es wird im «Dorf» gesprochen über diesen komischen Amerikaner, aber das hat mir keine Angst gemacht. Was mir mehr Angst machte, war die Tatsache, dass ich, als ich in die Kirche getreten war, jemanden gesehen hatte: den Herrn Kirchenrat, der ohne Voranmeldung gekommen war. Er lächelte mich an. Ich schwitzte. Dies sollte meine Probepredigt sein, eine Art Prüfung, die ich neben anderen Hürden überspringen musste, um in der Schweiz als Pfarrer arbeiten zu können. Und dann entdeckte ich voller Schreck, dass ich zwischen dem ersten Gottesdienst in einer anderen Kirche unserer Gemeinde und diesem die erste Seite meiner Predigt verloren hatte.

Voller Panik rannte ich zum Auto und suchte die verlorene Seite – ohne Erfolg. Dies war eine Prüfung, von der meine Karriere als Pfarrer in der Schweiz abhing, und ich hatte die erste Seite meines Textes verloren.

Ich bin eigentlich nie ein grosser Fan von positivem Denken gewesen. Es scheint mir, es funktioniere für einige Menschen gut, aber für andere Menschen nicht. Wenn ich mich im Spiegel anschaue und mir sage: «Du kannst es! Du schaffst es!», sagt mir der Mann im Spiegel manchmal: «Yes! You can!» Aber an anderen Tagen sagt er: «Was glaubst du eigentlich, wer du bist, Tubel?»

Aber positives Denken war alles, was ich hatte. Meine Frau, die mir geholfen hatte, mich beim Predigtschreiben richtig auszudrücken, war zu Hause mit unseren Kindern beschäftigt. Ich hatte etwa fünf Minuten Zeit, um mich daran zu erinnern, was auf der ersten Seite gestanden hatte, und es wieder in der Sprache, mit der ich «auf Kriegsfuss» war, aufzuschreiben. Ich sass in der Kanzel und schrieb. Dann redete ich mit mir und sagte: «Du kannst es!» Aber für den Fall, dass ich es nicht konnte, betete ich für ein Leben nach dem Tod, denn wenn ich die Prüfung nicht bestünde, würden meine Frau und ihre ganze Familie mich wahrscheinlich umbringen.

Nach dem Eingangsspiel fing es an mit einer meiner lustigen Entgleisungen: Als ich sagen wollte, dass die Chordirigentin nicht kommen konnte wegen eines Sturzes, kam heraus: «Frau Frischknecht hatte einen furchtbaren Furz.» Ruhe. Und dann heftiges Gelächter. Ich wusste nicht, warum, und machte weiter und bestand die Probepredigt. Der Herr Kirchenrat fand es auch lustig mit der verlorenen Seite und dem Furz. Meine Frau brachte mich nicht um und ich durfte als Pfarrer arbeiten. Und manchmal, wenn ich in den Spiegel schaue und mir sage: «Du kannst es!», dann denke ich an die Probepredigt. Die verlorene Seite wurde übrigens nie gefunden, aber ich habe etwas gelernt: Positives Denken kann helfen im Leben, aber zur Sicherheit werfe in den Mix ein Gebet und einen Fluch – und es hilft, wenn man glaubt, man werde umgebracht.

Rätsel über Rätsel

Es ist wunderbar, dass moderne Wissenschaft alltägliche Rätsel erklären kann.

Wie viele Haare gibt es auf einem Kopf? Der Mensch hat durchschnittlich etwa 100 000. Die meisten Leute verlieren täglich 50 bis 100 Haare. (Verdoppeln Sie die Zahl für diejenigen, die Teenager zu Hause haben.)

Wie lange wird die Sonne noch aktiv sein? In etwa fünf Milliarden Jahren wird die Sonne sich in einen roten Riesen verwandeln, wird sich mehrfach vergrössern und unsere Erde verbrennen. Es wird unmöglich sein, auf der Erde Leben zu erhalten. (Endlich ein Sommer in der Schweiz mit genug Sonne.)

Welches ist das schädlichste Insekt der Welt? Es ist die Wüstenheuschrecke, die auch in der Bibel vorkommt. Sie kann in einem Tag ihr eigenes Gewicht fressen. (Ich habe eine Tante in Indiana, die das auch kann.)

Dank der modernen Wissenschaft haben wir heute Antworten, von denen man vor einigen Jahren nur träumen konnte. Leider gibt es immer noch sehr viele Rätsel, die niemand beantworten kann. Ich diskutierte einige davon mit einem Teenager, der nur noch wenig Zeit auf dieser Erde hatte. In einem grossen Spital erfuhren wir, dass er an einer schlimmen, aggressiven Art von Leukämie litt. Ich schaute aus dem Fenster auf die Strassen und blendete zurück in die Zeit, als ich fünfzehn Jahre alt war in Massachusetts, als mein Vater, auch Pfarrer und Philosoph, mir sagte: «Son, life is not fair!» Es dauerte Jahre, bis ich diese Message verdaut und verstanden hatte. Jetzt, als ich bei dem fünfzehnjährigen Jungen war, kamen diese Worte über das Leben und die Fairness zurück. Erfolg kommt langsam im Leben, und manchmal überhaupt nicht. Es regnet zu wenig an bestimmten Orten. Böse Krankheiten plagen unschuldige Kinder und Menschen. Auch die guten Menschen sind nicht davor gefeit. Im Herbst 2000 wurde die Schweiz vom Tod eines jungen Prominenten schockiert. Der Kickboxer Andy Hug erkrankte plötzlich an Leukämie und starb in Japan mit fünfunddreissig Jahren.

Als ich die Trauerfeier im Fernsehen schaute, dachte ich an den Sport. Zugegeben, ich bin etwa so sportlich wie eine Riesenschildkröte mit Arthritis und ich interessiere mich wenig für Kickboxen. Aber egal, wie sportlich man ist oder wie wenig man sich für bestimmte Sportereignisse interessiert, man kommt nicht umhin, vom Tod von Andy Hug berührt zu werden. Er bringt wieder die schmerzliche Wahrheit hervor, dass das Leben manchmal sehr unfair ist. Und es lässt Theologen, Ärzte und Philosophen manchmal sprachlos. Leider haben wir nicht genug Informationen, um einige Rätsel im Leben beantworten zu können. Wenn das Leben unfair wird, müssen wir trauern, Trost von Bekannten und Freunden finden und dann weitergehen mit dem Leben. Das heisst erkennen, dass das Leben nicht ein Rätsel ist, das gelöst, sondern ein Rätsel ist, das gelebt werden muss.

Sagen Sie es, bevor es zu spät ist

Ich wurde gewarnt, bevor ich das Zimmer betrat. Ich würde gleich einem Mann begegnen, der stark entstellt sei, und auch einem Mann, der brutal offen spreche. Billy Joel hat gesungen: «Honesty is such a lonely word. Everyone is so untrue.» («Ehrlichkeit ist ein einsames Wort. Alle sind so unehrlich.») Es ist eine schöne Melodie, aber die Worte stimmen nicht ganz. Offensichtlich hat Billy Boy sein Portemonnaie niemals in der Schweiz oder in gewissen asiatischen Ländern verloren. Die Schweiz ist neben sicher und sauber und schön auch ziemlich ehrlich.

Beispiele, die meine amerikanischen Freunde erstaunen: In der Nähe meines Hauses im Zürcher Unterland befindet sich ein Stand mit Blumensträussen und einem Kässeli mit den Worten: Wählen Sie etwas aus und deponieren Sie das Geld im Kässeli. Niemand kontrolliert, ob man wirklich bezahlt oder nicht. In Zürich fährt man im Tram mit einem Billett, das man selber von einem Automaten kauft.

Reader's Digest hat die Ehrlichkeit rund um die Welt kürzlich ein bisschen erforscht. Sie legten Portemonnaies mit fünfzig Dollar in örtlicher Währung drin mit Namen, Adresse und Telefonnummer auf Hauptstrassen in grossen Städten. Die ehrlichsten Länder? Norwegen und Dänemark mit 100 Prozent der Portemonnaies, die zurückgegeben wurden. Neuseeland, Japan und Südkorea sind auch gut davongekommen. Am schlimmsten war's in Mexiko mit nur 21 Prozent. USA, Australien, Kanada und Indien sind mit 67 Prozent ziemlich ehrlich. Etwas weniger brav sind Holland mit 50, Deutschland mit 45 und Italien mit 35 Prozent.

Die Schweiz wurde in der Studie nicht erwähnt. Dennoch wissen wir, dass die Schweiz ehrlich ist. Aber hierzulande ist man ehrlich mit Blumensträussen und, wie ich schon erwähnt habe, mit Meinungen. Jetzt würde ich verstehen, warum die Krankenschwestern mich gewarnt haben. Ich klopfte an die Tür des Mannes und trat ein.

«Herr Meier?»

«Ja», antwortete eine schwache Stimme.

«Grüezi, mein Name ist Bowler. Ich bin Ihr Pfarrer. Ich wollte schnell schauen, wie es Ihnen geht.»

«Hm», antwortete er, als sei er verärgert. Die Gestalt des Mannes im Bett schockierte mich, aber ich konnte dies verbergen. Langsam erzählte er mir seine Geschichte. Vor etwa einem Jahr war es passiert. Im Hauptbahnhof Zürich rannte er einem Zug nach, der schon angefahren war. Er sprang auf und griff nach dem Türgriff. Doch er konnte sich nicht festhalten, fiel auf das Gleis hinunter und der Zug schnitt ihm seinen rechten Arm und sein rechtes Bein ab. Nun lag er im Bett, im Alter von 78 Jahren, ohne die rechten Extremitäten und litt auch noch unter Prostatakrebs. Er war ein sehr trauriges Bild. Ich nahm es ihm nicht übel, dass er verbittert war, aber seine Direktheit überraschte mich. Er äusserte seine Wut, seine Angst und seine Bitterkeit sehr offen.

Beim zweiten Besuch gab er mir einen Schlüssel und bat mich, eine Schublade in seiner Kommode zu öffnen. Dort fand ich ein Gedicht, und er wollte, dass es an seiner Abdankung vorgelesen würde. Als ich das Blatt herausnahm, bemerkte ich ein Schwarzweissfoto von einer jungen Frau.

«Eine schöne Frau», sagte ich. «Ihre Ehefrau?»

«Nein», und zum ersten Mal wurde er etwas sympathischer. «Ich liebte sie, aber sie wollte nach Australien auswandern. Sie schrieb mir ein paar Mal, aber ich habe sie nie wieder gesehen. Ich konnte ihr einfach nicht sagen, dass ich sie liebte. Vielleicht, wenn ich das hätte sagen können, wäre sie zurückgekommen oder gar nicht erst gegangen.»

Ich las das Gedicht, als er mit nassen Augen aus dem Fenster schaute: *Jeder Mensch stirbt arm. Das Einzige, was er mitnehmen kann, ist der Reichtum seines Herzens. Die Liebe, mit der er Menschen geliebt hat.* Aber damit die Liebe wirklich aufblühen kann, muss man es sagen, dachte ich mir. Die Worte «Ich liebe dich» sind für so viele Menschen die schwierigsten Worte überhaupt.

Ich sah Herrn Meier nie wieder. Ich zog in eine andere Gemeinde und mein Leben nahm einen anderen Weg. Aber ich denke von Zeit zu Zeit an ihn. Dieser Mann, Bürger einer ehrlichen Gesellschaft, fähig, seine Gefühle klar auszudrücken, konnte das Allerwichtigste nicht sagen.

Wenn Sie jemanden lieben, sagen Sie es ihm. Bevor es zu spät ist.

Secret Sprache

Haben Sie manchmal das Gefühl, dass unsere Teenager eine andere Sprache reden? Das ist, weil es so ist. Hier ein paar sehr coole Wörter, die viele Teenager benutzen, mit Übersetzung. *Challenge*: Herausforderung; *cruisen*: herumfahren, herumreisen; *Kerzli*: Haschischzigarette; *flaschen*: gefallen; *Chick*: Mädchen. Alles schon ein bisschen *confusing* für diejenigen, die nicht daran gewöhnt sind. Für mich ist es kein Problem, weil meine Muttersprache die offizielle zweite Sprache der Schweiz ist (Englisch). Aber wenn it so weiter goes, talken wir alle one day so. Finden sie das good? Eigentlich ist es eine normale Entwicklungsstufe für Teenager, in der sie sich schrittweise von der Familie lösen und sich eine eigene Identität suchen. Dazu sind wir aber umgeben von anderen Menschen, deren Worte immer eine Übersetzung brauchen. Beispiele:

Ein Pfarrer sagt: «Das ist eine sehr gute Frage!» Übersetzung: Ich habe keine Ahnung, will das aber nicht unbedingt zugeben.

Ein typischer Schweizer sagt seiner Frau, er helfe ihr im Haushalt. Übersetzung: Er hebt seine Beine hoch, damit sie darunter staubsaugen kann.

Auf einem amerikanischen Grabstein steht: *Hier liegt ein Anwalt und ehrlicher Mensch.* Übersetzung: Ein Grab mit zwei Leichen.

Ein Unternehmen ändert den Namen. Übersetzung: Wir müssen das schlechte alte Image loswerden.

Ein Politiker sagt, wo und wie Flugzeuge über Schweizer Städten an- und abfliegen werden. Übersetzung: Sie fliegen, wann und wie sie wollen, weil die Wirtschaft wichtiger ist als Flughafenanwohner oder Lebensqualität.

Schweizer und Schweizerinnen sagen: «Ich zahle dir einen Kaffee.» Übersetzung: Ich liebe dich (kann es aber nicht sagen).

Überall *secret* Sprache. Und überall neue Möglichkeiten, miteinander zu kommunizieren: Voice-Mail, E-Mail, Handys. Wenn ich im Flugzeug sitze und von Zürich nach Boston fliege, kann ich meine Eltern anrufen, um zu sagen, dass ich ein bisschen später ankomme. Aber ironischerweise reden wir mitten in dieser Kommunikationsrevolution weniger miteinander. Müssen Sie jemandem eine Nachricht weiterleiten? Schicken Sie eine E-Mail! Reden Sie auf den Telefonbeantworter! Sprechen Sie eine Voice-Mail! Möchten Sie mehr Information? Besuchen Sie die Website! Handys brechen Konversationen mit Menschen jederzeit und überall plötzlich ab. Kommunikation und Technologie boomen. Und die Einsamkeit boomt auch. Wir werden immer asozialer.

John Gray hat ein ganzes Buch geschrieben, um uns zu sagen, dass Kommunikation der Schlüssel ist, um eine erfolgreiche Beziehung zu führen. Richtig. Aber bitte wenn möglich auf die altmodische Art.

Sexy Europäer

Aus irgendeinem Grund glauben wir Amerikaner, dass Europäer sexy sind. Darum haben wir Wörter auf Englisch wie French kiss (Zungenkuss), Roman orgy (römische Orgie), Italian stallion (italienischer Machotyp). In Wirklichkeit sind Europäer nicht so sexy. Ich selber wurde einer und hatte nicht sofort mehr Sex, als ich meinen Schweizer Pass bekam. Europäer mögen etwas weniger prüde sein mit Nacktheit oder dem Stillen in der Öffentlichkeit (sogar im Gottesdienst), aber sie haben nicht mehr Sex als ihre Cousins in der Neuen Welt. Immerhin waren die meisten Amerikaner zuerst Europäer. Millionen wanderten in die Neue Welt aus. Im 19. Jahrhundert überquerten in den 30er- und 40er-Jahren etwa vier Millionen Irländer, in den 40er- und 60er-Jahren etwa fünf Millionen Deutsche und in den 60er-Jahren etwa zwei Millionen Italiener den Grossen Teich. Auf der Freiheitsstatue in New York kann man die berühmten Worte von Emma Lazarus lesen: «Gib mir deine müden, deine armen, deine zusammengedrängten Massen, die danach streben, frei atmen zu können.» Was suchten diese Millionen von Menschen? Glaubensfreiheit? Bessere landwirtschaftliche Möglichkeiten? Zum Teil, aber – das ist ein gut geschütztes Geheimnis – viele von ihnen suchten einfach mehr Sex. Es ist nicht einfach, Sex zu haben, wenn man müde und zusammengedrängt ist und nicht frei atmen kann.

Aber als sie in die Neue Welt kamen, waren die Puritaner schon dort, und diese hatten die Spielregeln bereits festgelegt. Und es war kein Spiel, welches Grossmutter in Verlegenheit bringen würde. Puritanismus, eine Reformbewegung der Church of England aus dem 16. und 17. Jahrhundert, hatte einen tief gehenden und dauernden Einfluss auf das Leben in England und Amerika. Für die Puritaner beider Nationen war harte Arbeit eine Glaubensaufgabe und Selbstdisziplin war das Gebot des Tages. Betrunkenheit, sexueller Verkehr, Glücksspiel und Teilnahme an Theateraufführungen waren strafbare Taten. Praktisch alles war verboten, ausser schlüpfrige Bibelvorlesungen (welche es natürlich nicht gibt). So, nehme ich an, fanden die Euro-Amerikaner kein bisschen mehr Sex als zu Hause.

In Zürich wurde mir klar, wie wir Amerikaner heute immer noch unter dem Einfluss der Puritaner leiden. An einem heissen Sommertag erwischte ich meine kleinen Kinder, als sie splitternackt rund um das Pfarrhaus rannten. Mit grossen Augen sagte ich meiner Berner Frau: Zieh ihnen etwas an! Sie sind nackt! Ich stellte mir vor, wie das in Amerika aussehen würde, wenn die Pfarrkinder füdliblutt das Pfarrhaus an der Hauptstrasse umkreisen würden. Aber meine Frau versicherte mir, das hier sei Europa und nicht Amerika oder England oder Kanada.

Man muss aber auch sagen: Die Puritaner waren nicht alle so schlecht. Obwohl sie an einem Samstagabend nicht so viel Spass hatten, haben sie geholfen, den Amerikanern Tugenden beizubringen, die den Montagmorgen erfolgreich machen: Energie, Selbstständigkeit, Sparsamkeit. Sie hatten auch coole Kleider. Leider zogen sie sie wenig aus.

Sir John ist mein Held

Er ist den meisten Leuten einfach als Sir John bekannt. Und er steht auf einer der reichsten Strassen der Welt und arbeitet gratis. Was für ein Kontrast und was für eine Botschaft an uns alle. Als ich ihn zum ersten Mal an der Bahnhofstrasse in Zürich sah, habe ich meinen Augen fast nicht getraut. Armbanduhren, besetzt mit Diamanten, und Schuhe, für die ein Arbeiter eine Woche arbeiten muss. Hier zwischen den arroganten Boutiquen und den hochnäsigen Banken steht Sir John und dreht an einer Drehorgel mit etwa 600 Liedern. Vor der Orgel steht ein Schild «Ich spiele für behinderte Kinder». Und das tut er auch. Er spendet Kindern das Münz von den Fussgängern. Sir John ist mein Held.

Er ist natürlich kein echter Sir. Echte Sirs stehen nicht an Strassenecken und sie drehen auch keine Orgeln. Dafür sind sie zu beschäftigt, obwohl niemand ganz genau weiss, was sie machen. Sir John hat auch keine Homepage, keine E-Mail und keinen Pager. Er scheint viel weniger wichtig zu sein als die, die bei ihm auf der Bahnhofstrasse vorbeigehen. Aber er hat etwas anderes. Er weiss etwas. Ich schaue ihm an einem Nachmittag zu und komme ins Grübeln.

Etwas stimmt nicht mit der Art, wie wir unsere Helden aussuchen. Ich habe die Nase voll von verwöhnten, geldgierigen Sportlern und egoistischen Entertainern, «Helden», die noch berühmter werden, wenn sie mit der Polizei in Schwierigkeiten kommen, ihre Geliebte verlassen oder so viel Geld verdienen, dass es normal verdienende Menschen schockiert. Es stört mich, dass ich ihre Namen kenne und nicht die Namen einiger meiner Nachbarn, die meine Bewunderung auch verdienen würden. Sir John ist mein Held.

Gehen Sie einmal die Zürcher Bahnhofstrasse hinunter. Mit etwas Glück finden Sie ihn. Zwischen den Bankers, Businessleuten und Baronen steht ein Mann, der weiss, wie man lebt. Er weiss es, weil er weiss, wie wichtig es ist, den anderen etwas zu geben; er weiss es, weil er etwas macht, was für ihn zählt, egal für welche finanzielle Kompensation; er weiss, wie man lebt, weil er weiss, wie man stirbt. Er weiss, eines Tages wird es egal sein, was für einen Job, ein schönes Büro oder eindrucksvolle Titel man gehabt hat. Wie Elisabeth Kübler-Ross einmal geschrieben hat: Eines Tages wird es nur wichtig sein, wie man das alles gemacht hat und ob man es mit Liebe gemacht hat. Sir John ist mein Held.

Swiss Fun

Herzlichen Dank an die Leser und Leserinnen, die mir schreiben oder e-mailen. Ich verspreche Ihnen, ich werde mich in Zukunft weiterhin mit lebenswichtigen Themen beschäftigen wie Liebe, Glück und kreativem Fluchen. Heute: Wie Sie mit Spass und weniger Stress und Depression leben können – was laut jüngster Umfrageergebnisse den Schweizern und Schweizerinnen am Herzen liegt.

Laut Forschungsinstitut Demoscope ist ein Ende der Genussgesellschaft nicht abzusehen; Sinneslust und Genuss stehen hierzulande ungebrochen im Vordergrund. Haben Helvetier wirklich endlich Spass entdeckt? Es wäre nicht einfach für ein Land, wo man mit dem Arbeiten anfängt, wenn in anderen zivilisierten Ländern immer noch Nacht ist, und wo man mit den Verpflichtungen so beschäftigt ist, dass man fragen muss: Wie *spät* ist es? (Statt: What *time* is it? Quelle *heure* est-il?) Trotzdem, Spass ist in. In der aktuellen Schweizer Hitparade stehen Titel wie «Wir kiffen», «Because I Got High», «Gourmandises» oder «Let Me Blow Ya Mind» (sinngemäss etwa «Lass mich dich wahnsinnig machen» – hier ist Fantasie gefragt). Vor ein paar Jahren waren Lieder wie «Give Peace a Chance» beliebt, was uns natürlich gar nichts gebracht hat. Ein Besuch im Buchladen bestätigt den Trend weiter: Man findet allerlei Bücher über Erfolg, Glück und kostspieliges Essen, aber wenig Bücher darüber, wie man anderen helfen könnte. Ganz klar: Schweizer und Schweizerinnen wollen so viel Spass haben wie ein Zirkusclown mit einer Überdosis von Antidepressiva. Zur Erinnerung an meine Fun-Friends ein paar wichtige Begriffe:

Konsumgenuss: Der Grund dafür, warum ich mein vier Jahre altes Handy wegwerfen musste, obwohl es prima funktioniert hat, weil kein neuer Akku zu kaufen war. Wenn nur ein paar Politiker einen Akku hätten.

Egoismus: Wenn man an sich selbst denkt. Anders als Legoismus, eine Krankheit, die meine Kinder haben, wenn sie zu viel an Spielzeuge denken. Das Gegenteil ist Altruismus, wenn zum Beispiel Millionär-Entertainer uns sagen, dass wir unsere miesen Sparguthaben für einen guten Zweck spenden sollten. Sie singen. Wir spenden.

Hedonismus: Lehre, nach der Lust und Genuss das höchste Gut des Lebens sind. Fängt mit «He» an (Englisch für «Er»), weil besonders Männer sich diese Lehre zu Herzen nehmen.

Und wenn Sie genug Fun gehabt haben, erinnern Sie sich an Folgendes: Der legendäre Schauspieler Kirk Douglas, 85 Jahre alt und seit einem Schlaganfall sprachbehindert, hat vor kurzem gesagt: «Wenn ich an andere denke, habe ich viel weniger Stress und Depressionen, als wenn ich an mich denke.» Das Gleiche wurde in London während des Blitzkrieges des Dritten Reiches herausgefunden. Diejenigen, die sich um andere kümmerten statt nur um sich selber, litten viel weniger unter Angst und Depression. Etwas, woran wir alle ab und zu erinnert werden sollten. Leider gibt es nur wenige Lieder darüber.

Swiss Schild- und Symbolsalat

In einem Land von Diplomen, Prüfungen und Regeln kann ich es immer noch nicht glauben, wie einfach es für mich war, einen schweizerischen Führerschein zu bekommen. Ich musste im Strassenverkehrsamt nur meinen amerikanischen Führerschein vorweisen und bekam sofort einen schweizerischen. Sehr nett, aber das geht nicht ganz ohne Probleme, denn Amerikaner fahren anders als Schweizer. Ja sicher, es gibt gewisse Ähnlichkeiten in den beiden Ländern, zum Beispiel Ampeln. Wir alle wissen, was sie bedeuten: Rot – Stopp; Grün – Fahren; Orange – Gas geben. Fussgänger: Man muss nur anhalten, wenn man gute Laune hat, oder an Heiligabend. Kreisel: Das grösste Fahrzeug hat Vorfahrtsrecht. Unfälle oder Fehler beim Fahren: Der andere Tubel war sicher schuld. *Ich* nicht. Diese Dinge sind international. Was aber nicht international ist, sind die Schilder und Symbole, die Europäer für selbstverständlich halten und Amerikaner verwirren. In Amerika werden die Regeln einfach auf das Schild geschrieben; One Way Do Not Enter (Einbahnstrasse), Dead End (Sackgasse), Give Way (Vorfahrt gewähren), Fuck you (Stopp – von Sprayer geändert). Dieses System funktioniert ziemlich gut für Amerikaner, weil sie Englisch sprechen, ausser natürlich die Hälfte von Miami und die meisten Football-Spieler.

Und so trieb mich dieser Schild- und Symbolsalat in der Schweiz fast in den Wahnsinn. Besonders eines hat es mir angetan: Grün heisst Autobahn. Warum grün? Als ob Tausende von rasenden, stinkenden Autos irgendetwas mit der Farbe der Natur zu tun hätten.

Als ein Polizist mich einmal ziemlich verärgert fragte: «Warum glauben Sie, Herr Pfarrer, dass ein Schild blau ist und das andere grün?», antwortete ich ziemlich frech: «Ich dachte, die blaue Farbe sei den Malern ausgegangen.» Er schmunzelte nicht, als er meine Busse aufschrieb. Und ich schmunzelte auch nicht, als ich die Idee aufgeben musste, dass jemand von meinem neuen Auto so begeistert gewesen war, dass er oder sie ein Blitzfoto machte, als ich vorbeifuhr. Schon wieder eine Busse, diesmal von einer Kamera. Auch etwas, das wir in Amerika nicht haben.

Auch hat mich niemand verstanden, als ich nach dem Weg in zwei bekannte Schweizer Städte fragte: Tschör und Tschäm, sonst als Chur und Cham bekannt, aber auf Amerikanisch ausgesprochen.

Und so nochmals die Bestätigung: Das Leben ist eine Sache der Perspektive. Einige sagen Tschäm, andere sagen Cham. Einige sehen Schilder in verschiedenen Farben, andere sehen einfach Schilder. Und einige sehen Ausländer in verschiedenen Farben, andere sehen einfach Menschen.

Team Dreams

«Dieses Kid versucht sich beim Baseballteam?», hörte ich jemanden über mich kichern, als ich mit einem Baseballschläger zur Home Plate vortrat an einem kühlen Frühlingsnachmittag hinter der Highschool. Ja, dieses Kid. Der sommersprossige Trompetenspieler der Highschoolband. Dieses Kid war etwa so gut in Sport wie die Fussballspieler in der Kochstunde. Alle schauten zu und ich trat vor, naiv und ohne Gedanken daran, dass mir dies über den Kopf wachsen könnte. Es war mir noch nicht bewusst, dass ich an diesem Nachmittag noch viel Spott zu ertragen hätte, aber gleichzeitig etwas sehr Wichtiges für das Leben lernen würde.

Wie gesagt, sportlich war ich nicht. Aber ich verliebte mich plötzlich in Baseball, als die Boston Red Sox eine sehr spannende Saison hatten. Mit fünfzehn Jahren hatte ich plötzlich Träume von einer Karriere im Highschoolteam. Und manchmal werden wir so gefangen von unseren Träumen, dass wir die Realität unserer Fähigkeiten nicht mehr sehen. Ich packte den Schläger. Ich würde es allen zeigen, dachte ich.

Wenn es nur ein Disneyfilm gewesen wäre, dann hätte der sommersprossige Trompetenspieler die Knaben zum Schweigen gebracht, indem er den Ball so lang und so hart geschlagen hätte, dass sie alle den Kiefer hätten hängen lassen. Aber unser Leben ist kein Disneyfilm, und so geschah an diesem Tag auch kein Wunder. Der Coach warf mir etwa zwölf schöne Bälle zu. Ich habe jeden einzelnen verfehlt und bei jedem Fehlschlag hörte ich das schadenfrohe Gelächter der anderen.

Es war ein langer Weg nach Hause an dem Tag, als meine Träume zerstört worden waren. Ich trat in das Haus und sah meinen Vater. Er fragte mich sofort:

«Wie ist es gegangen?»

«Wie ist *was* gegangen?» (Ich hatte niemandem gesagt, dass ich mich beim Baseballteam versuchen würde.)

«Hast du es geschafft beim Team?» Seine Augen waren voller Emotionen und sie sagten mir, dass er wusste, wie es ist, wenn man im Leben versagt.

«Nein», sagte ich und drehte meinen Kopf weg. «Ich habe mich furchtbar angestellt.»

«Es tut mir Leid. Aber du hast es versucht. Das ist wichtig.» Es fühlte sich aber gar nicht wichtig an. Ich hatte das Gefühl, dass mich nichts, was er sagen würde, trösten konnte, aber ich hatte Unrecht.

«Übrigens, ich war in der Stadt und habe etwas gekauft, das du brauchst.» Er gab mir einen Papiersack mit einigen Gitarrenplektren und einem Buch mit Beatles-Liedern.

«Weisst du, du kannst besser Gitarre spielen als all die Athleten im Team zusammen. Du bist sehr talentiert.» Dann lächelte er: «Und die Mädchen mögen Musiker, weisst du?» Er hatte Recht. Ich spielte sehr gut Gitarre. Und die Mädchen mochten es. Jahre später half es mir, ein Mädchen aus dem Bernbiet zu angeln. Und er hatte auch sonst Recht. Die bekannte amerikanische Berufsberaterin Barbara Sher sagt: Wenn wir trotz unserer Angst etwas im Leben versuchen, dann gewinnen wir, egal, wie das Ergebnis aussieht. Wir werden ein bisschen stärker, wir gehen ein bisschen aufrechter und wir lernen unsere Gaben kennen: was wir gut machen und was nicht. Der sommersprossige Trompetenspieler war ein miserabler Sportler, aber ein begabter Musiker. Weil ich mich dem Gelächter der anderen gestellt hatte, ging ich am nächsten Tag ein bisschen aufrechter und schätzte die Dinge mehr, die ich gut machen konnte.

Es ist mir heute noch ein Rätsel, wie mein Vater herausfand, dass ich mich beim Baseballteam versuchte. Irgendwie fand er es heraus, und er wusste, dass ich keine Chance hatte. Er wusste es, und er wartete an dem Tag auf mich, bis ich nach Hause kam, um mir Liebe und Aufmunterung anzubieten. Ich weiss nicht, wie er es herausfand, aber ich denke heute nicht mehr daran. Ich denke nur daran, wie wichtig es ist im Leben, zu träumen und zu wagen und jemanden dabeizuhaben, der einem aufhilft, wenn man hinfällt – wie meinen Vater, der immer für mich da war.

Typical Mom

Ich stand am Ausgang 31 auf dem Logan Airport in Boston und wartete darauf, den Atlantik wieder einmal zu überqueren. Ich hatte diese Reise schon sehr oft gemacht, aber einfacher wird es niemals, meine Heimat und meine Eltern zu verlassen, und diesmal war es nicht anders. Ich schaute meine Mutter an, unsere Augen voll von Emotionen, und als wir uns fragten, wann wir uns wiedersehen würden, gab sie mir ein Paket und sagte, es könnte mir etwas helfen, dass ich mich ein bisschen besser fühle. Typical Mom.

Durch das Fenster der Swissair-Maschine sah ich, wie die letzten einsamen Lichter der Küste von Nordamerika verschwanden, und ich dachte an einen Tag, der mein Leben für immer verändert hatte. Ich hatte England sehen wollen, das Land meines Urgrossvaters, und ich fand dort einen Job als Englischlehrer in einer kleinen Schule an der Küste, nicht weit von Canterbury entfernt. Eines Tages trat eine Schülerin vom Bielerseegebiet in das Pausenzimmer ein und es war einer der Momente im Leben, die man nie vergisst. Die Seeländerin war jung und süss und bewegte sich so graziös wie eine Rose (wenn die Walzer tanzen könnte). Ich konnte sie nicht vergessen. Als ich sie ein paar Monate später in der Schweiz besuchte, wurde unsere Faszination füreinander zu Liebe, und ich wurde schmerzhaft hin- und hergerissen zwischen meinem Zuhause und meiner Familie in Massachusetts und dieser neuen Liebe. Langsam, aber nie mühelos, adoptierte ich ihr Zuhause und mit den Jahren bekamen wir Kinder.

Zurück in der Schweiz, öffnete ich das Paket meiner Mutter. Es war ein Kochbuch mit ihren Rezepten und ich lachte laut, als ich den Band durchblätterte. Die Kapitel wie «Suppen», «Gemüse» oder «Hauptgerichte» waren leer, aber das Kapitel «Desserts» war überfüllt. Typical Mom. Dann schlug mein Herz etwas schneller, als ich diese Zeilen entdeckte:

Mein lieber Sohn: Backe etwas Süsses. Denk an uns. Erinnere dich an all die wunderbaren Zeiten, die wir zusammen verbracht haben, und tue dies jetzt mit deiner Familie. Love, Mom.

Es ist okay, sagte sie mir. Wir müssen unseren eigenen Weg gehen und unser eigenes Leben führen, auch wenn es manchmal weh tut. Aber es gab noch mehr. Als ich die Rezepte durchsah und Erinnerungen aus meiner Kindheit zurückkamen, wurde mir klar: Meine Mutter sagte mir, worauf es im Leben ankommt. Ich erinnerte mich an Morgen, an denen es wegen eines furchtbaren Schneesturmes keine Schule gab, dafür aber viele heisse Schokoladen in unserer grossen alten Küche; an Weihnachten, die noch spezieller waren wegen der hausgemachten *cookies* und anderer Süssigkeiten; an Nachmittage, als meine Mutter mich tröstete nach einem schlimmen Tag mit den Schultyrannen, indem sie mir sagte: «Backen wir etwas!» Das und noch mehr kam zurück durch das Kochbuch. Und als ich es durchblätterte, wurde mir klar: Die einzigen echten Geschenke, die wir unseren Lieben hinterlassen können, sind die schönen Erinnerungen an unsere gemeinsame Zeit. Andere Dinge werden rosten oder verfallen oder werden verloren gehen durch geldgierige Zwischenhändler. Die wirklich wichtigen Sachen aber niemals. Es ist nie zu früh oder zu spät, schöne Erinnerungen zu kreieren, und es ist jetzt meine Aufgabe, sie meinen Kindern weiterzugeben.

Eines Tages werde ich das Kochbuch meinen schweizerisch-amerikanischen Kindern schenken. Ich hoffe sehr, dass sie nicht machen, was ich gemacht habe: Mit etwas Glück werden sie ein Nachbarskind heiraten und auf dieser Seite des Atlantiks bleiben. Aber wo auch immer sie sich befinden, werden sie eines Tages das Kochbuch meiner Mutter aufmachen, und wie mein Leben wird ihr Leben *sweet and sage*. Typical Mom.

Vorschläge an Gott

Gott macht seinen Job mehr oder weniger gut, nehme ich an (aber eben, mit wem könnten wir ihn ersetzen?), aber offenbar hat er sich ein- oder zweimal verschlafen, als er alles in Gang setzte. Sollte ich jemals die Möglichkeit haben, mit dem Grossen Kerl eine Diskussion führen zu können (setzen Sie keine hohen Wetten darauf), dann würde ich das Wetter auf der Seite lassen und sofort die wichtigen Themen zur Sprache bringen:

Rosenkohl: sollte viel Fett und Kalorien haben. Dann könnten die guten Sachen wie Pommes Chips, Schokolade und Alkohol fettfrei sein und vollgestopft mit Vitaminen. Ärzte würden Dinge sagen wie: «Sie sollten wirklich mehr Süssigkeiten und Whisky konsumieren.»

Sport: sollte gesundheitsschädlich sein. Der gesündeste Platz sollte auf einem weichen Sofa sein, man hätte in der einen Hand die Fernbedienung, in der anderen einen Sack von fettigen (das heisst vitaminhaltigen) Pommes Chips.

Partner: Es sollte für jeden auf der Erde einen Partner geben, mit dem man sein Leben lang harmonisch zusammenwohnt, man würde miteinander alt und dann ohne Schmerz oder Angst sterben. Im Moment ist das nur möglich in Filmen, in welchen Doris Day oder Julie Andrews die Hauptrolle spielen.

Gott: Gott sollte sein Gesicht ein bisschen besser zeigen. Eine Website wäre gut, natürlich mit der Adresse www.god.com, wenn diese nicht schon einem Arzt oder Bill Gates gehört.

Politiker: Gott sollte Politiker in Amerika davon abhalten, so zu tun, als wären sie – um mehr Stimmen zu gewinnen – seine besten Freunde. Eine flotte Überschwemmung während einer politischen Convention würde das wahrscheinlich schaffen.

Name: Ein Name wäre wahrscheinlich besser. Allah, Gott, Jahwe, Himmlischer Vater, Herr, Elohim, das verwirrt einen und macht es schwieriger, zu beten oder zu fluchen, was übrigens etwa das Gleiche ist, ausser im Tonfall der Stimme.

In der Tat, sagen mir einige Fundamentalisten, die ich kenne, werde ich niemals die Gelegenheit haben, Gott solche Punkte anzudeuten. Sie sagen, Menschen wie ich gingen in eine andere Richtung, wenn sie sterben. Ich habe viel Zeit gehabt, um mir das zu überlegen, nicht nur als Theologiestudent, sondern auch an anderen, etwas weniger frommen Orten (die Dorfbeiz kommt mir da sofort in den Sinn), und ich bin zu diesem Schluss gekommen: Falls die Fundamentalisten Recht haben und nur sie es in den Himmel schaffen, dann meine ich, ist das okay mit mir. Ein Ort voll von Fundamentalisten ist nichts für mich. Ich wäre lieber an einem anderen Ort mit Menschen wie Gandhi, John Lennon und meinem Freund Gary. Sie haben mehr Spass und sind fähig zu vergeben.

Weises Unkraut

Es klingelte an der Tür und dann wurde ich von einer Fünfjährigen betrogen.

«Grüezi. Möchted Si en schöne Oschterbluemestruus? Nur zwänzg Rappe. Hütt früsch pflückt.» Sie zeigte mir ihr Blumenarrangement: sieben Löwenzahnblumen, von kleinen Wurstfingern zusammengehalten. Sie wurde von fünf oder sechs anderen Kindern umringt und jedes beobachtete meine Reaktion mit ganzer Aufmerksamkeit.

«Hm», erwiderte ich, «frisch gepflückt?»

«Mm, hm», sagten die grossen Augen.

Natürlich zahlte ich und sie tanzte mit ihren Mittätern zu ihrem nächsten Schwindelopfer. Geld für Löwenzahn? In der Tat, ja. Ich brachte ein Kind zum Lächeln für nur zwanzig Rappen. Das ist viel für wenig Geld. Und die Löwenzahnblumen enthielten Weisheit an einem Sonntagnachmittag.

Nicht, dass ich immer so spirituell bin, verstehen Sie. Erwischen Sie mich einmal an einem Montagmorgen ohne eine Tasse Kaffee und ich bin wahrscheinlich etwa so spirituell wie ein betrunkener Holzfäller. Spiritualität kommt und geht im Leben, und ich wette darauf, sogar Buddha hatte Tage, an denen er der Welt sagen wollte: «Fahr zur Hölle!», obwohl er als Buddhist so etwas nicht sagen sollte.

Aber das war einer der spirituellen Momente, und ich nahm eine schöne Vase aus dem Schrank, füllte sie mit Wasser und setzte mein Unkraut hinein. Meine Frau, die Kinder und sogar der Meerschweinchen schauten mich komisch an. Sie fragten sich, ob ich mich wohl mit einer anderen Art von Unkraut beschäftigt habe, und zwar mit der kolumbianischen Art. Nein, versicherte ich ihnen, ich behalte den Löwenzahn als Erinnerung daran, dass das Leben sehr oft so ist, wie man es anschaut. Unverdorbene fünfjährige Augen sehen Blumen, abgestumpfte vierzigjährige Augen sehen Unkraut. Kinderaugen sehen etwas, für das Erwachsene Geld ausgeben. Perspektive. Einige sehen Unkraut, andere sehen Blumen. Einige sehen Menschen von verschiedener Hautfarbe, Nationalität oder sexueller Vorliebe, andere sehen einfach Menschen.

Wenn ich den Ortsnamen Oswiecim erwähne, stehen die Chancen gut, dass Sie nicht wissen, wovon ich spreche, ausser wenn Sie Polnisch sprechen. Aber wenn ich den deutschen Namen sage, kommt Ihnen garantiert etwas in den Sinn. Oswiecim. Auschwitz. Das Konzentrationslager in Polen. An diesem Sonntag, als ich meinen Löwenzahn, ich meine, meine Blumen anschaute, dachte ich an den Ort. Nicht über das Leiden, das dort geschah, sondern über Perspektiven und was sie für uns alle bedeuten.

Viktor Frankl war ein Psychiater aus Österreich, der während des Zweiten Weltkriegs in Auschwitz gefangen gehalten wurde. Wie Millionen von Menschen erlebte er Unsagbares. Und er überlebte. Er schrieb darüber und wie diejenigen, die nicht glaubten, sie hätten einen Grund zu leben, starben, während diejenigen, die glaubten, sie hätten einen Grund weiterzuleben, um ihr Überleben kämpften. Ihr Streben, ein Ziel zu erreichen, gab ihnen die Kraft, das Unvorstellbare zu durchleben. Diejenigen, die ihren Glauben an die Zukunft verloren hatten, erlagen dem Horror von Oswiecim.

Frankl schrieb, wie ein einfaches Licht ihm half durchzuhalten. Er erinnerte sich an ein Bauernhaus in der Ferne und wie an einem kalten Morgen sein Licht für ihn ein Leuchtfeuer der Hoffnung wurde. Als er das Haus anschaute, wusste er, dass das Licht nicht in der ganzen Welt erloschen war und dass eines Tages das Licht die Dunkelheit überwinden würde. Fast seine ganze Familie wurde ausgelöscht, doch

Frankl überlebte und wurde der Vater der Logotherapie und ein führender Psychiater. Er fragte oft seine Patienten, die allerlei Probleme hatten: «Warum machen Sie nicht einfach Selbstmord?» Ihre Antworten, zum Beispiel die Liebe der Kinder oder ein Buch, das geschrieben werden musste, halfen ihm, Bedeutung in die scheinbar bedeutungslose Existenz einzuspritzen.

So wichtig ist es für uns, Ziele im Leben zu haben, Dinge, wofür wir leben, ob grosse oder kleine, und jeden Tag ein Leuchtfeuer der Hoffnung zu sehen. Einige sehen Licht, andere sehen Hoffnung. Einige sehen Löwenzahn, andere sehen Blumen.

Why?

Es gab einmal einen bekannten Mann und er hatte etwas Gemeinsames mit Ihnen. Sein Name war Hiob und er war ein ehrlicher, hart arbeitender Mann. (Okay, vielleicht sind Sie weder ehrlich noch arbeiten Sie hart, aber Moment mal!) Er hatte alles erreicht und dann verlor er alles: sein Eigentum, seine Familie und schliesslich seine Gesundheit. Und dann sprach er für uns alle, als er Gott ins Auge fasste und fragte: Warum? Ja, er hatte etwas Gemeinsames mit Ihnen. Er litt. Sie leiden. Ständig. Ihre Familienmitglieder bellen Sie an; eine seltsame Cousine erscheint an Ihrer Tür mit einem grossen Koffer; die Meerschweinchen im Haus bekommen mehr Respekt als Sie; Ihnen ist klar, dass Claudia Schiffer schon einen Freund hat, und wenn es nicht so wäre, hätten Sie sowieso keine Chance bei ihr.

Warum? Fragen Sie. Wie Hiob. Und dann gibt es andere Leiden, die weniger lustig sind: Ihre Ehe bricht zusammen; Sie werden krank; Sie hassen Ihren Job; Sie fühlen sich hässlich; Sie haben nie genug Geld. Wir leiden. Und wir fragen, warum.

Jetzt gebe ich Ihnen, treue Leser und LeserInnen, auf die Frage des Leidens ein paar Antworten, für die Sie sonst an der Harvard-Universität als Student der Theologischen Fakultät sehr viel Zeit und Geld ausgeben müssten. Lesen Sie die Möglichkeiten durch und wählen Sie eine aus. Also, warum gibt es Leiden auf dieser Welt?

Gott will unseren Glauben prüfen oder uns erziehen.

Wir werden bestraft für irgendetwas.

Gott würde gerne helfen, kann aber nichts dagegen machen.

Gott ist gemein oder hat ein anderes Verständnis von Leiden als wir.

Es gibt keinen Gott oder er kümmert sich nicht mehr um uns.

Etwas gefunden? Wahrscheinlich nicht, da die Antworten ziemlich lausig sind. Und so ist die einzige echte Antwort, dass es keine Antwort gibt. Das lernt man, wenn man Theologie studiert. Und genau zu dem Schluss ist Hiob auch gekommen. Sorry, es ist einfach so. Der Nächste bitte.

Freunde von mir in Amerika sagen manchmal: «Life sucks and then you die», also «Das Leben ist Scheisse und dann stirbt man». Es scheint wirklich manchmal so. Aber merken Sie etwas Interessantes: Obwohl Gott Hiob keine Antwort auf seine Frage gibt, offenbart Gott sich ihm. Er hat ihn gern und tröstet ihn. Vielleicht ist es auch mit uns so. Es gibt zu wenige Antworten, aber vielleicht können wir die Gegenwart des Grossen Kerls spüren. Wenn man glaubt, dass das Leben Scheisse ist, verneinen wir alles, was schön und gut ist: Blumen, Musik, dem ersten Frühlingstag, die Liebe von Familie und Freunden. Wir müssen akzeptieren, dass uns viel Information fehlt, um eine Antwort zu finden, und weitergehen. Und die Schönheit suchen, wo wir können. Denken Sie an Claudia. Oder an Brad Pitt.

Wie ein Helvetier kommuniziert

Eine Sprachprüfung für den roten Pass? 51 Prozent der Schweizer Bevölkerung wollen, dass ausländische Personen nur noch eingebürgert werden, wenn sie auch einen Sprachtest in Deutsch bestehen (Quelle: Meinungsumfrage Link). Aber noch besser finde ich: Nicht nur Deutsch lernen, sondern auch lernen, wie ein Schweizer spricht. Damit meine ich nicht Bärndütsch, Züritüütsch oder Wallisertiitsch (um Himmels willen), sondern die Art, wie ein echter Helvetier kommuniziert. Das würde Assimilation beweisen (und vielleicht sogar einen SVP-Anhänger glücklich machen). Aber als Ausländer in der Schweiz ist man überfordert mit sprachlichen und kulturellen Hindernissen, manchmal sehr lustigen.

Als Amerikaner wusste ich nicht, dass man beim Weintrinken warten muss, bis jeder das Glas hochhebt und «Prost mitenand!» sagt. Dieser Fehltritt hat mir einen Fusstritt unter dem Tisch eingebracht. Ich wusste nicht, dass man dem Samichlous «du» sagt. (Warum denn das? Ich habe sicher niemals Duzis gemacht mit ihm.) Als ich ihm einmal «Grüezi» sagte, brachte mir das einen so komischen Blick von dem Mann in Rot ein, dass ich glaubte, Schmutzli würde mich im Sack mitnehmen. Und einmal kam in der gut besuchten Kirche in Zürich noch eine von meinen lustigen Sprachentgleisungen dazu, als ich sagte: «Entschuldigung, dass ich heute ein bisschen später gekommen bin, ich hatte heute Morgen viel Verkehr.» (Ich meinte natürlich die Art, die keinen Spass macht.)

Aber allmählich werden die sprachlichen und kulturellen Fauxpas weniger und die Zeit kommt, da man sich überlegt, ob man Schweizer werden will. Für diesen Fall habe ich hier ein paar Tipps:

Sprechen Sie direkt. Wo man auf Englisch oft «Please do not» sagt oder schreibt – sinngemäss etwa: «Bitte lassen Sie es bleiben» –, sagt man auf Deutsch in der Regel einfach «Verboten». (Und was in der Schweiz nicht verboten ist, ist wahrscheinlich obligatorisch.)

Sagen Sie nicht allzu oft «Es tut mir Leid», besonders nicht in der Ehe oder Partnerschaft. Dies könnte zu Verständnis führen und ist nicht schweizerisch.

Wünschen Sie jedem «Schöne Tag no!» mit einem aufgesetzten Lächeln, auch dem, den Sie nicht ausstehen können. (Für Amerikaner ist «Have a nice day!» manchmal mindestens so oberflächlich.)

Aber eines sollten Sie vor allem beherzigen: Lernen Sie Deutsch, wenn Sie Schweizer Bürger werden wollen. Reines Deutsch, verstehen Sie, wie zum Beispiel Mountainbike, News, Shirt, Left Turn, Brain Drain, Message, Talk, Big Brother, mailen, chatten, biken, gamen, okay und sorry. Aber brauchen Sie Letzteres nicht allzu oft.

Zum neuen Jahr

Es ist Silvester, da ich diese Zeilen schreibe, und unter dem Einfluss von etwas Neujahrssaft präsentiere ich meine Voraussagen für das neue Jahr. Natürlich sind Sie etwas skeptisch: Nur gerade drei Prozent der Schweizer Bevölkerung glauben, dass die Voraussagen in Horoskopen zutreffen (Quelle: Meinungsumfrage Link), und Propheten wie in der Bibel sind längst nicht mehr gefragt (Quelle: ich). Aber ich versichere Ihnen, Ihre Zukunft wird von folgenden Tatsachen charakterisiert, das heisst belastet oder gesegnet:

Liebe: Sie werden im nächsten Jahr trotz gut gemeinter Bücher und Experten das andere Geschlecht manchmal etwa so gut verstehen können wie ein Kiffer am Samstagabend Quantenphysik versteht. Aber Sie werden dem anderen Geschlecht auch nicht widerstehen können. Sorry, das neue Jahr ändert nichts daran.

Gesundheit: Sieht nicht schlecht aus, abgesehen davon, dass Sie als Schweizer, als Schweizerin ab und zu Halsweh haben werden. Das kommt nicht von Bakterien oder Viren, sondern von Wörtern wie «Chuchichäschtli» oder Sätzen wie «Chumm uf Chaam cho Chäs choufe», die den Kehlkopf überfordern. Die Männer werden natürlich nicht zum Arzt gehen. Sie sind stärker – und sterben jünger.

Wissenschaft: Experimente mit Klonen werden weitergeführt, aber die Versuche der SVP Zürich, die Berner Partei zu klonen, werden scheitern.

Geld: Sie werden etwa einen ganzen Tag für die Swiss arbeiten. (Zahnärzte etwa fünfzehn Minuten.) Trotz dieser grosszügigen Spende werden Sie immer noch Mühe haben, Ihre Qualiflyer Miles einzulösen, wie und wann Sie wollen, und den Lieblingsplatz in der Maschine können Sie sowieso vergessen. Sie werden auch ein Konto bei einer Bank haben, die viel mehr daran interessiert ist, ihren Börsenkurs höher zu treiben oder Rivalen loszuwerden als an Ihrem miesen Sparguthaben.

Probleme: Werden Sie sicher haben, weil Sie am Leben sind. Wäre schön, wenn die Probleme so lange bleiben würden wie die Neujahrsvorsätze. Norman Vincent Peale hat es treffend gesagt: Wenn Sie an einen Ort gehen wollen, wo niemand Probleme hat, besuchen Sie einen Friedhof. Dort ist es aber höchstwahrscheinlich ziemlich langweilig.

Unterhaltung: Da wir jetzt weniger Fernsehkanäle haben, werden Sie umso mehr gezwungen, Zeit mit dem Partner, der Partnerin zu verbringen. Aber Frauen sollten aufpassen: Männer reden etwa so gerne über die Beziehung wie sie zum Arzt gehen. Und weil weniger TV-Kanäle vorhanden sind, werden Sie auch gezwungen sein, mehr zu lesen – inklusive schräger Texte eines komischen Ami-Swiss-Pfarrers. Das hilft Ihnen zwar nicht bei den oben erwähnten Problemen, doch tröstet es ein wenig, zu wissen, dass wir alle im gleichen Boot (Zahnärzte: Yacht) sitzen.

Das Leben: Sie werden trotz allem in Ihrem Herzen wissen, was im Leben zählt. Als Pfarrer habe ich einige Menschen sterben sehen, jedoch noch nie jemanden erlebt, der gesagt hat: Ich hätte mehr Zeit im Büro verbringen sollen.

Neuerscheinungen im Cosmos Verlag

Alexander Heimann
Muttertag
Kriminalroman

Markus Ramseier
Wie küsst man einen Engel?
Roman

Hanni Salvisberg
Züpfe u Suppe
Gschichte vo früecher

Christian Schmid
Nebenaussen
Eine Liebeserklärung an den Rand

Werner Schmidli
Teufel und Beelzebub
Kriminalroman

Margrit Staub-Hadorn
Churz u guet
Gedankefötzeli

Franca Stein
Amazone. Krüppel. Weib
Steinwürfe gegen den Krebs